ラルーナ文庫

お義兄さんは若頭・改！

ゆりの菜櫻

JN148219

三交社

CONTENTS

Illustration

北沢 きょう

お義兄さんは若頭・改！

本作品はフィクションです。
実際の人物・団体・事件などにはいっさい関係ありません。

◆
I
◆

それは瑞貴《みずき》が大学を卒業し、伯父《おじ》が経営している通信販売会社で働き始めて一週間ほど経った日のことだった。

なんの前触れもなく、突然母が言いにくそうに口を開いた。

「……あのね、瑞貴、母さん、お前に会ってほしい人がいるの」

「え？」

瑞貴はすぐにピンときた。

再婚だ――。

ここ一、二年、母が少し華やいでいるのには気づいていた。その様子に、もしかしたら、いい人ができたのかもしれないと内心思っていたのだ。

もちろん母が再婚したいのなら、背中を押すつもりである。反対する気はない。

瑞貴が小学五年生のときに父を病気で亡くして以来、母が女手一つで苦労して瑞貴を育ててきてくれたのは、間近で母を見てきた瑞貴自身が一番よく知っていた。

こうやって瑞貴が就職をした今、母には自分の幸せを掴《つか》んでほしい。

過去に、何人かの男性から結婚の申し込みを受けていたようだったが、どの人も瑞貴を幸せにしてくれそうもない、などと言って断っていたのも知っている。

母は、その可愛《かわい》らしい容姿としっかりした性格から、かなりもてていた。

そんな瑞貴も母の容姿を引き継ぎ、男性にしては華奢《きゃしゃ》で、中性的なイメージが拭《ぬぐ》えない。よく人から『綺麗《きれい》』という形容詞で評価されたりするが、実はあまり嬉《うれ》しくなかったりする。女性からアプローチをかけられるならまだしも、時々男性からも告白されたりし、困ることもしばしばだからだ。

せめて亡くなった父に似ていたら……。

何度そう思ったことか。

そんな母は、今まで看護師としてハードな仕事に就きながら、瑞貴を立派に育ててくれた。こうやって無事に大学も卒業でき、就職した今、今度は瑞貴が母に何かをする番である。

母には母のために生きてほしいし、今まで苦労した分、できるだけ幸せになってほしい。

「もしかして……母さん、結婚するの？」

だから母になるべく負担がかからないように、こちらから尋ねてみた。すると母は少女のように顔を真っ赤にして小さく頷《うなず》き、消え入りそうな声で答えた。

「……瑞貴が許してくれるのなら」

そんな母を見て、瑞貴はなおさら母を祝福しなければと心に誓った。

「おめでとう、母さん。で、相手はどんな人？」

「あの……簗木《やなぎ》さんって仰《おっしゃ》って、いろいろと会社を経営されている方なんだけど、この結婚を機に、息子さんたちに社長の座を譲って、私と隠居生活をされるって言っているの」

「え？　隠居って……何歳の人？」

「母さんより二十ほど年上だから……六十五歳かしら。あ、でも、とてもそんなふうには見えないのよ。若々しくて立派だわ」

一回り以上、いや二回りに近いほど年上であることに驚きはしたが、母を大切にしてくれるなら、歳《とし》はあまり問題ないだろう。それに会社を幾つも経営している人なら、金銭的にも不自由はないだろうから、母がお金で苦労することはなさそうだ。

「息子さんたちに社長の座を譲るって……あちらにもお子さんが何人かいるの？」

「ええ、お二人。二人とも瑞貴よりも年上よ」

「年上……」

瑞貴よりも年上なら、後妻を苛《いじ》めるような子供っぽい真似《まね》をすることはないかもしれない。

まるで娘を嫁に出す父親の心境になり、ついつい母の再婚相手を値踏みしてしまう。

「じゃあ、病院を辞めるの？」

「ううん。簗木さんも息子さんたちも理解ある人たちで、私が仕事を続けたいなら、今のまま仕事は続けてもいいって。家事もできる範囲でいいし、それこそ隠居する簗木さんが、いろいろ家事を手伝うって仰ってくださるの」

「母さんの仕事に理解を示してくれる人でよかったね」

「ええ、でも……」

母が急に眉間《みけん》に皺《しわ》を寄せ、困った顔を見せた。

「どうしたの？」

「一つだけ瑞貴に言わなければならないことがあるの」

可愛らしい顔に似合わず、いつもはきはきとして、鬼の看護師長としても名高い母が、珍しく躊躇《ちゅうちょ》した。どうしたのかと不安になりながらも、瑞貴はそんな母を見つめた。

「なに？」

「あの……あのね、簗木さんって……」

「簗木さんって？」

「その……」

母にしては歯切れが悪い。

「その？」

「じ、実は、ヤ、ヤクザなのよね！」

「ヤ、ヤクザっ⁉」

予想外の告白に、瑞貴は椅子《いす》から転げ落ち、天地がひっくり返る。

「か、母さん～っ」

瑞貴の声は天井へと吸い込まれていった。


そしてあれよあれよという間に物事は進み、次の日曜日には、瑞貴は都内の高級老舗《しにせ》ホテルの日本料理店の個室で、新しく父となる人と会っていた。

緊張で躰《からだ》がガチガチだ。

一体、何がどうなって、こんなことになったのか、ここ数日のことをよく覚えていない。母の再婚相手があまりにも衝撃的だったので、仕事以外、何も考えられなかったのだ。

あちらは早くに妻を亡くし、男手で息子二人を育ててきたとのことだった。

肝臓を悪くし、入院していたところに、瑞貴の母に出会い、母の仕事ぶりと優しさに惚《ほ》れ込み、二度目の人生を送ろうと決めたらしい。

それで母と結婚するにあたり、組長の座を長男に譲り、隠居生活をするとのことだった。

組長。それぞれの地域の住民をまとめる代表。回覧板を管理したりするあの組長では、もちろんない。正真正銘の任侠《にんきょう》の世界の組長である。

思わず頭を抱えたくなる。心中はムンクの叫びだ。

どうしたらいいんだ、父さん――！

今は亡き父に答えを求めても返事があるわけはない。いや、返事だといって、枕元《まくらもと》に立たれても困る。

瑞貴はあまりの急展開で、心の準備はもちろんのこと、このまま母の結婚に賛成してしまってもいいのだろうかとか、いろんなことがぐるぐると頭の中を回り、答えが出ないまま、今日という日を迎えてしまっていた。

相手がヤクザでも、母さんが選んだ人なら素直に祝福するべきだろうか……。

大体、ヤクザがよくわからない。テレビドラマで観たり、時々警察がなんたら組に家宅捜査に入ったとか、そんなことをちらりとニュースで観るくらいだ。

どれも悪いイメージしかないが、母が選ぶ人なら、そんなイメージとはまったく逆の人かもしれないと思いたい気持ちがある。

今までヤクザなんて非日常的な存在、想像もつかない雲の上の世界だった。簡単に受け入れられないのも事実だ。

だが、瑞貴は実感もなく出向いた個室で、いきなり本物のヤクザを目にすることになり、一種のカルチャーショックに陥った。

新しく父になる人はまだしも、個室の前に立っている護衛か何かの男たちは、目だけでも人を殺せそうな勢いだったのだ。

ととと……父さん！

心の中で天国にいる父に縋《すが》りたくなるほどの殺気が漂っていた。その中で新しく父になる人だけは、温和な笑みを浮かべて瑞貴を見つめていた。そのギャップがかえって怖い。

「さすがは房江《ふさえ》さんの息子さんだ。うちの愚息たちと違って、しっかりしているし、これまた房江さんに似て、べっぴんさんだなぁ」

新しく父親になる人は、ロマンスグレーというのか、スーツの似合う、とてもヤクザには見えない、それどころかどこかの上流階級の人間とも思えるような気品のある壮年の男性であった。和製リチャード・ギアといった風貌《ふうぼう》である。

そして、にこにこと笑みを浮かべる義父の隣に座る義兄の一人、長男も品に溢《あふ》れ、とてもヤクザの組長には見えなかった。

「瑞貴君はとても女性に人気がありそうですね、お父さん」

「ああ、そうだな」

そうやって親子で話す姿を見ても、ドアの外に立っている強面《こわもて》の男たちがいなければ、とてもヤクザには見えない。

「そんな……勝正《かつまさ》さんの息子さん、敏晴《としはる》さんのほうがずっと頼もしくてハンサムですわよ」

母が少女のように華やいだ声で話す隣で、瑞貴は思わず敏晴と呼ばれた長男である男性をじっと見つめてしまった。

瑞貴のヤクザのイメージは、角刈り頭で、胸の開いた着物。そして袷《あわせ》の間からは白い晒《さらし》が見え、日本刀を振り回したり発砲したり、座頭市の親戚《しんせき》みたいな感じか、怖い姐《あね》さんが登場する仁義なき戦い風だ。

だが、目の前の長男からはまったくそんな雰囲気を感じない。細いシルバーフレームの眼鏡《めがね》といい、医者や弁護士と言われたら思わず信じてしまうだろう。

……そういえば、あの勧善懲悪ドラマの教師の実家もヤクザで、実はいい人だったよな。それにどこかの大きなヤクザのグループの組長が出家したとかもニュースで聞いたことがある。そうだ、ハロウィンには菓子を配ったとかもあるよな。もしかして実際にも、いいヤクザがいるのかもしれない。

ふとそんなことを考えたくなる。

瑞貴が現実逃避をしようとしていたところで、部屋の外が少しだけざわつく。二人目の義兄がどうやらやってきたようだった。仕事で緊急な用件があったそうで、遅れて顔を出すことになっていた。

「親父《おやじ》、悪い、いろいろ手こずって遅くなった」

ドアのほうを見ると、そこにはストイックな長男とは違い、無駄に男の色香を振り撒《ま》く、かなりの男前がいた。やはりとてもヤクザには見えない。

「雅弘《まさひろ》。遅かったじゃないか。さあ、早く房江さんにご挨拶《あいさつ》をしないか」

それまで穏やかで紳士的だった義父の目が一瞬、鋭さを増したのを瑞貴は見逃さなかった。

ひっ……。

恐怖で声が出そうになったが、どうにか押しとどめる。母がいる手前、義父を怖がる素振りを見せたくなかった。

どきどきしながら見つめていると、遅れてきた次男がテーブルの横に立ち、一礼した。

「失礼しました。次男の雅弘です。今日は遅れてきてしまって、申し訳ありませんでした」

瑞貴は改めて雅弘と名乗った男を見上げた。

この家族、誰《だれ》一人、ヤクザになんて見えないよ……。

瑞貴の脳裏に浮かぶ座頭市の映像にバリバリとヒビが入る。

「まあ、どこかの俳優さんみたいな……。勝正さんがお若い頃はこんな感じだったのかしら」

母が嬉しそうに声をかける。メンクイの母にとって、イケメンの息子が二人も新たにできることに、心躍らせているようだ。

ある意味、肝の据わった母であることを再確認させられる。多少のことでは、へこたれないし、病院でもヤクザの患者相手に堂々と叱責《しっせき》を飛ばしていたらしい。

「いやいや、このせがれもまだまだでしてな。見かけだけはいっぱしですが、房江さんにも迷惑をかけるかと思いますよ」

「親父もいろいろとご迷惑をかけるかと思いますが、どうぞ宜《よろ》しくお願いします」

雅弘が義父の言葉に続いて、そんなことを冗談っぽく付け足すのを聞いて、また母が楽しそうに笑った。

相手がヤクザというのは大いに問題があるが、母がこんなに楽しそうにしているのを久しぶりに目にし、瑞貴も次第に母の結婚を認めることができるようになってきた。

母さんが幸せになれるなら、それ以上のことはない。

瑞貴はそう思いながら、母の笑顔を横から見つめた。

するとそんな瑞貴に父親となる勝正から再び声をかけられた。

「そういえば、房江さんから聞いたんだが、瑞貴君は旧姓のままで通すということだそうだが……やはり苗字《みょうじ》を変えるのに抵抗があるのかな？」

「いいえ……その、もう大学も卒業して就職しましたし、いい大人なので、今さら苗字を変えても、周囲が混乱すると思って……」

　実は母の再婚を機に、瑞貴の苗字も再婚相手のものに変え、新しい家族と同居する話が持ち上がっていた。

　母の新婚生活を邪魔しないように、一人暮らしをしようと思っていた瑞貴には、できれば断りたい話だった。新しい家族と同じ屋根の下に過ごすにも気を遣うし、母の新婚生活を邪魔したくないという思いもある。

　それに母の結婚には賛成だが、亡くなった父の苗字を手放すのも寂しい気がしたのだ。戸籍上は苗字が変わっても、通称だけでも父の苗字を残したいという気持ちも少しはあった。

「私たちと同居もしてくれないそうだね？」

　義父となる男性が悲しそうに眉《まゆ》を顰《ひそ》める。

「ええ、そろそろ成人男性として自立しないと……と思っておりますので」

　それは本当だ。

「一緒に暮らせないのは残念だが、立派な心がけだ。瑞貴君は見た目よりもずっと男気がある人なんだな」

　残念がりながらも、義父は目を細めて褒めてくれた。

「もう、この子ったら口ばかり達者で……あ」

ふと、母のスマホが控えめながら鳴った。看護師長としては、普段からもスマホ付帯が義務づけられており、たとえオフの日でも電源は必ず入れておかなければならないのだ。

案の定、電話は病院からのものだった。

「ごめんなさい、勝正さん。仕事先から電話が……」

母は電話の相手を確認すると、勝正に申し訳なさそうに視線を送った。

「早く出なさい。房江さんの仕事は人様の命を預かっている大切な仕事だ。ささ、早く電話に出てあげなさい」

勝正は慌てて立ち上がると、瑞貴の母の背中を押し、電話をするために個室から出ていってしまった。

この場の主役であるはずの母や義父が席を外してしまった途端、瑞貴はとんでもない場所に置き去りにされたことに気づく。

な……まさかヤクザの中に僕一人、置き去り!?

将来の家族とはいえ、二人のヤクザの前に座らされる経験は、できればしたくなかった。こんな経験、普通のサラリーマンが真面目《まじめ》に生きていたら、絶対ないことだ。

ただでさえも緊張しているのに、緩衝材となっていた二人が席を外してしまっては、瑞貴には頼るべき相手もいない。まさに今、ヤクザとタイマンを張っていると言っても過言ではなかった。

ど、どうしよう……。な、何か話さなきゃ。

一対二の状況で、初対面の他人同士。でもこれから家族になる人間で、しかし共通の話題もない。オマケにヤクザという特殊な職種の義兄《あに》たちに、何を話したらいいのかもわからなかった。

同世代なら共通の話題も見つけやすいが、同世代とは言いがたい年齢差である。

瑞貴が二十二歳に対して、長男である敏晴は、三十六歳。次男の雅弘は三十二歳だ。これだけ歳の差があると、好きなアイドルだって違うはずだ。いや、この端整な顔つきの義兄たちが、アイドルが好きだなんて、そんなギャップを持ち合わせているはずがない。

長男の敏晴は、バランスの良い体軀《たいく》を仕立てのいいスーツに包み、眼鏡の似合うきりりとした涼しげな容貌《ようぼう》だ。ストイックで且つ、理性的な雰囲気を漂わせ、とてもヤクザの組長を継いだようには見えないし、アイドルの音楽を聴くようにも思えない。

一方、次男の雅弘は、髪をやや明るめに染め、どこかの老舗のテーラーで仕立てたような一流のスーツを着ていた。甘いマスクのせいか、華やいだ雰囲気を持ち、アパレル関係のオーナーと言われれば、頷けるような容姿であった。だが、双眸《そうぼう》だけは鋭く、カタギの人間とは言いがたいオーラも放っていた。

こんな義兄たちと本当に上手くやっていけるんだろうか……。

瑞貴は内心、冷や汗をかきながらも、目の前のお茶に口をつけた。早く母親が戻ってくることを切に願うしかない。

「なあ、瑞貴」

しかし無情にも神様はいなかったようだ。何事もないように祈っている中、いきなり次男の雅弘が、男の色香が漂う笑みを唇に浮かべながら声をかけてきた。その口調は砕けたもので、母に対して使っていた言葉遣いとは違っていた。

瑞貴は慌てて顔を上げて、雅弘の方へ視線を移した。彼と視線がかち合い、ついビクリと躰を揺らしてしまう。

「俺たち、義兄弟《きょうだい》になるんだから、瑞貴って呼び捨てしてもいいよな？」

女性ならすぐにでも虜《とりこ》にしてしまいそうな笑みの中に、危険な香りがぷんぷんとする。

瑞貴はゴクリと唾《つば》を飲み込んでから、返事をした。

「は……はい」

歳もかなり上であるし、義兄になるのだから、呼び捨てされても構わないし、いいよなって聞かれれば、『はい』としか答えようがない。

顔が強張《こわば》りそうになりながらも、瑞貴が雅弘を見つめていると、従順な瑞貴に満足したのか、雅弘は軽く頷き、さらに言葉を続けた。

「お前さぁ、自分の立場、わかってるのか？　関東で勢力を持つ指定暴力団、真正会《しんせい》の二次団体、簗木組の組長の家族になるんだぞ？　名前を別姓とかありえないだろう」

「ありえない、です……か？」

そう言われても、よくわからないのが瑞貴の本音だ。

「簗木って名前に護《まも》られていないと、お前くらいの奴はすぐにバラされるぞ」

「別に正体をばらされても平気ですが……」

「意味が違う。殺されて死体をバラバラにされるってことだ」

「ひっ……」

瑞貴が息を呑《の》むと、雅弘の隣に座っていた長男の敏晴が間に入ってきた。

「雅弘、あまりカタギの人間を怖がらせては駄目だぞ。でも……まあ、私たちの傍《そば》をうろついているくせに、苗字が違うのも多少は問題だがな。情報もまともに得られない莫迦《ばか》な輩《やから》に、私たちに気に入られている下っ端じゃないかと間違えられて、お粗末な仕打ちを受ける可能性もなきにしにもあらずだ」

「お粗末な仕打ち……」

具体的に想像はつかないが、怖そうだ。

「あと、同居もお前のことを思っての提案だ」

雅弘が面倒臭そうにまた話し始めた。

「俺たちはお前が一緒に住もうがどうでもいい。だが、お前が一人暮らしをするとなると、襲撃されたときに対処がしにくい。義理とはいえ弟があまりスプラッタな死に方をしても、俺たちの夢見も悪いからなぁ」

襲撃される？

——だ、誰が、誰にっ!?

恐ろしい単語に、躰がぶるぶると震え、瑞貴の思考能力が一瞬止まる。順風満帆とは言いがたくても、世間一般並みに生きている瑞貴にとって、何もかもが別世界の話だ。

「万が一、一人暮らしとなっても、セキュリティーが万全で、ボディーガードをつけての一人暮らししか親父も許可しないだろう。だが素人のお前じゃ、それでも危険だろうけどな」

「な……」

なんだか恐ろしいことに巻き込まれそう、というか巻き込まれてしまったことに、改めて気づかされる。

「大体、お前、ハジキの撃ち方も知らないだろう」

し、知るわけありませんっ！

瑞貴は恐ろしさに声が出ず、思い切り顔を左右にぶんぶんと振った。

これは母の再婚、おめでとう、俺は別姓&別居でこれから生活していくよ、くらいでは済まされない話であることに、瑞貴はようやく気づき始めた。

ちょ……ちょっと待って！

母に問いただしたい気持ちでいっぱいになるが、肝心の母は電話で席を外している。

「命が惜しければ、苗字も簗木にして、簗木の本家に一緒に住むのが妥当だろうな。そうすれば滅多なことでは襲撃されないし、俺たちや組のモンの目も届くから、危険な目に遭うことも少ないだろう」

少ないだろうって、ゼロじゃないんだ！

雅弘の嘘《うそ》みたいな話に、隣の敏晴もその通りだとばかりに黙って頷いている。そんな彼らとこうやって一緒にいるだけで危険な気がするのは瑞貴の考えすぎか。

「あ、あの！　でも……警察もいるし」

とにかく少しでも彼らと離れて日常を暮らしたい瑞貴は、精一杯抵抗した。

「あ？」

雅弘の目が光る。途端、ヘビに睨《にら》まれたカエルの気持ちを、身をもって知る瑞貴である。

しまった……。もしかして警察ってヤクザの天敵？

己の失言に気づき、またもや肝を冷やす。だが、目の前の雅弘は双眸を細めると、優しい声で囁《ささや》いてきた。

「お前さぁ、国家の犬なんかに頼るなよ、な。たとえ義理とはいえども、簗木の人間になったんだから、そこんとこ覚悟しとけよ？　ん？　わかったな」

優しく言われているはずなのに、瑞貴の背筋が自然と恐怖で震えた。

どんな覚悟ですかっ、そんなの嫌です！

心の中だけで大きく訴える。

「まあ、俺たちの新しい母親にあまり心配をかけさせるなってことだ。お前が一人で住むなんて言ったら、お前のお袋さんが悲しむぞ。親より子が先に死ぬってのは、最大の親不孝だからな」

「な、なんで俺が先に死ぬって決めつけるんですか？」

震える声で、やっと口を開くことができた。

「あ？　ああ、統計ね。その確率が高くなるってこと」

どんな統計だ、と突っ込みたいが、この義兄相手に突っ込む勇気はもちろんない。

「そういうことで、瑞貴、お前は簗木の名前を名乗って、本宅で一緒に住むんだ。わかったな」

「わかったな……って、そんな横暴な」

瑞貴が抗議しようと声を上げると、それまで黙っていた長男、敏晴が理性的な風貌を崩すことなく、話しかけてきた。

「瑞貴、私たちをあまり怒らせないほうが賢明だぞ。新しくできた義弟《おとうと》を、これから可愛がっていこうと私たちは努力しているし、大切にするつもりだ。だがあまり聞き分けがないと、それなりに対処させてもらう。わかるかい？　この意味が。大学を優秀な成績で卒業した瑞貴には、きちんと理解できるはずだよな？」

「できるよな？　瑞貴」

二人から笑顔で尋ねられ、瑞貴は首を縦に振るしかなかった。それ以上、何ができようというのだ。

か……母さん、相手がヤクザって、本当にわかってるよね？

己の母が理解できない瑞貴である。

「席を外してごめんなさいね」

そこにようやく母が勝正とともに戻ってきた。

「電話で指示をすれば済むことだったので、どうにか収まったわ」

「さすがは房江さんだ。いつでも必要とされているのは素晴らしいことだよ。それにあのテキパキとした指示、私は惚れ直したよ」

「まあ……勝正さん」

母が頬《ほお》をポッと赤くして目を伏せる。勝正は勝正で、まるでお姫様でもエスコートするかのように、母を丁寧に席へと誘導した。

あまりのラブっぷりに目も当てられないが、それは義兄たちも同じらしく、みんな視線を外して二人を迎えた。

母のこんな姿を見ているだけだったら、瑞貴も安心するのだが、いかんせん他が悪い。

問題が山積みだ。頭を抱えていると、突然次男の雅弘が口を開いた。

「ああ、お義母《かあ》さん。今、瑞貴君と少し話していたんですが、彼、簗木の名前を名乗ってもいいそうですよ。それに俺たちとも一緒に住んでくれるそうです」

え？

瑞貴が、帰ってきた母に気を取られているうちに、次男の雅弘が、勝手にそんなことを言い出した。変な誤解が生まれないうちにと、慌てて否定する。

「まだ……それは……き……」

「まあ、そうなの？　瑞貴」

だが瑞貴が否定するよりも早く、母が嬉しそうに声を上げた。

「母さん、お前が一人暮らしをすることに、少し不安があったのだけど、一緒に暮らせるということなら、安心だわ。何しろ勝正さんの稼業が稼業だし」

か……母さん、やっぱり理解してるんだ！

すべてがわかっていてヤクザと結婚しようとする母を天晴《あっぱ》れと言うべきなのか。

「しかし、瑞貴君、この息子たちに無理やり言わされたとか、そういうことではないのかい？」

さすがはこの義兄らの父親だ。自分の息子の性格をわかっているようで、心配げに瑞貴を見つめてきた。だが、それに答えたのは瑞貴ではなく、雅弘だった。

「親父、違うようだぜ。瑞貴君は俺たちに遠慮していたらしい。大学を卒業し、就職もしたような自分が、自立せずにのこのこ母についていっては申し訳ないって言ってね。そんなこと気にしなくいいいって、今、兄貴と二人で説得したら、彼もぜひ一緒に住みたいって言ってくれたんだ」

『ぜひ』だなんて、誰もそんなこと、一言も言ってません！

「だから……」

断固として認めないとばかりに口を開けると、今度は母が瑞貴の言葉に被《かぶ》せてきた。

「ありがとう、瑞貴。母さん、嬉しいわ」

え？

涙声の母に振り返ると、隣で急に母がハンカチで目頭を押さえ始めた。

「これで、家族五人で新しい門出を迎えることができるわね。やっと瑞貴に家族らしい温かさや環境を与えてあげることができるわ」

「か、母さん……」

仕事が忙しいのもあり、母親らしいこともできずに瑞貴に苦労させたと、母が負い目を感じているのは知っている。そんなことはないのに、母として、もっと家庭的なことを瑞貴にしてやりたかったようだ。それが災いしてか、義兄の嘘の話に感動して、滅多に見せない涙を見せてきた。

ど、どうしたらいい――？

義兄らの嘘くさい笑みと母の愛の涙。または前門の虎《とら》、後門の狼《おおかみ》とでも言うのだろうか。逃げ道を完全に塞《ふさ》がれたような気分だ。

瑞貴が半ば放心状態になっていると、横からまた会話が始まった。

「房江さん、祝言の件だが、本当に来月で大丈夫かい？」

「ええ、大丈夫ですよ」

「来月っ！」

思わず瑞貴は声を上げてしまった。他の四人全員が瑞貴に視線を注いでくる。特に義兄二人の視線は鋭かった。その視線だけで殺されそうな勢いである。

「あ……あの、俺、聞いてなかったもんですから」

「ごめんなさい、瑞貴。あなたが就職活動で忙しそうだったから、なかなか言えなかったのよ」

母が笑って謝ってくるが、瑞貴には笑えない事実だった。

◆ Ⅱ ◆

そしてあれから二ヶ月。母の結婚式も無事に終わり、瑞貴は苗字を義兄らに脅されるまま『簗木』に変え、現在、彼らと同居という形になってしまっている。

母が再婚したことにより、瑞貴を取り巻く環境が目まぐるしく変わっていった。

さらに新入社員として、伯父の会社で研修を受けながらの毎日でもあったので、あっという間に日々は過ぎていき、ここまで流されるまま来てしまっている。

「お先に失礼します」

「あ、悪い。帰りがてら、これ、課長に持っていってくれないか」

就業時間も過ぎ、多くの新人研修生が帰る中、瑞貴は先輩社員に声をかけられた。

会社の先輩が電話を肩に挟みながら、席の後ろを通りかかった瑞貴に書類を振り向きざまに渡そうとしてきたのだ。

「あ、はい」

と、にこやかに返事をした途端、先輩は頼んだ相手が瑞貴であったことに気づき、その顔色を変えた。

「や、簗木……あ、いや、やっぱり……俺が後で持ってくからいいよ」

あたふたと書類をデスクの上に戻す。別に瑞貴が嫌そうな顔をしたわけではない。原因は背後から女性社員がひそひそと囁く内容が説明してくれていた。

「橋本《はしもと》さんったら、よりによって簗木君に頼まなくってもねぇ……。おうちがヤクザなんでしょ？　そんな人をパシリに使ったら、後で何をされるか、ねぇ」

「この間も、簗木君に八つ当たりした上司、会社の裏口でチンピラに絡まれていたんだって」

それはうちの組とは関係ない人が絡んだんです！

と心の中で弁明しても、誰にも聞いてはもらえない。

「まあ、あの上司なら一発殴られたって、仕方ないけどねぇ」

「でも、簗木君、あんなに可愛いのに、家族がヤクザだなんてねぇ……宝の持ち腐れっていうの？　せっかくアタックしようと思っても、ヤクザと縁を持つと思うとねぇ」

瑞貴は入社当時、家族のことが知られる前は社内でも女性からの人気は一、二を争うほどのものだった。

それは大学卒業まで母子家庭であったため、父親がいないからといって甘えていては駄目だとばかりに、母の躾《しつけ》が厳しかったお陰かもしれない。女性社員からは、箸《はし》の持ち方一つにしても、綺麗だと言われるのをはじめ、日常の動作にどことなく品があると言われたりし、好感度は抜群だったのだ。

さらに、人からよく『綺麗』『可愛い』と言われる瑞貴の甘めのマスクが相乗効果を成し、大いに女性心を擽《くすぐ》ったようだった。入社当時はよく声をかけられたし、食事にも誘われた。それが――。

「でもどうして簗木君、この会社で働いているのかしら？」

「社会勉強の一環じゃない？　どうしてこの会社なのかは知らないけど」

「ああ、それ？　なんだか簗木君のところの組が、ここの社長の弱みを握っているとか、かなりの借金を背負わしているとか、いろいろ噂《うわさ》があるらしいわよ」

「じゃあ、それで社長を脅して息子を入社させたってこと？」

「そうみたい。コネらしいから」

コネ……であることは間違いない。だがそれはここの社長が母の兄だからで、ヤクザとはまったく関係ない。

子供のいない伯父は瑞貴を小さい頃から可愛がってくれ、できれば後継者にしたいと、かねてから口にしていた。

そのため伯父の強い要望もあり、瑞貴は他の会社で内定を貰《もら》っていたが、伯父に口説き落とされ、この会社の入社試験を受けたのだった。

「まあ……あまり関《かか》わらないほうがいいってことよね」

「そうそう。良さげな物件には裏があるってやつよ」

などと好き勝手なことを言って、さっさと仕事を終え、帰っていく。

瑞貴は小さく溜息《ためいき》をつくしかなかった。しかしこんなことで滅入っていてはいけないのも事実だ。なぜなら今からまだ難関が待っている。これを乗り越えなければ、瑞貴は家にも帰ることさえできないのだ。

＊＊＊

「お勤め、ご苦労様です。坊ちゃん」

瑞貴が会社から出ると、ガタイのいい、どう見てもヤクザにしか見えない男が二人、会社の前に横づけされていた黒塗りのレクサスの前で立っていた。

それだけでも充分に通行人から不審な目を向けられるというのに、彼らは会社の前の、しかも公道で、直角に腰を曲げて頭を下げ、瑞貴を迎えるのだ。

これが瑞貴の難関だ。

悪目立ちをし、通行人が何事かと瑞貴をちらちらと盗み見してくる。瑞貴はこの場から逃げたくなるのを必死で堪《こら》えて、男に小さな声で頼んだ。

「お願いですから、もう迎えに来ないでください」

「そう言われましても、自分は組長に直《じか》に命令されておりますんで、坊ちゃんに頼まれても、従うわけにはいかねぇんですわ」

「なら、もう少し目立たないようにしてください」

「目立っているようには思えませんが？」

意味がわからないというふうに瑞貴を見つめてくる男の格好は、濃いパープルのシャツにスーツは黒色ではあるが、大きく縦縞《たてじま》の入ったものだ。これを目立たないといったら、何を目立つといったらいいのかわからないし、とてもサラリーマンが着るスーツではない。ホストかヤクザだ。そして彼の風貌から、誰もが後者だと納得するに違いない。

「じゃあ、せめて会社の前に車の横づけはやめてもらえませんか？　近くの駐車場まで歩きますから」

「それは駄目です。もし歩いている最中にどっかの組のもんに狙《ねら》われでもしたら、えらいことになります」

男はさっさと瑞貴の背中を押して、車に押し込めてしまう。見る人が見たら、まるで瑞貴が誘拐されたかにも見えるだろう荒業だ。前にも二度ほど通行人が誘拐だと勘違いし、警察に通報してしまい、瑞貴が警察官に説明をしなければならないことがあったくらいだ。

迎えに来た男らは瑞貴を車に乗せると、車の後部座席の両側から乗り、瑞貴を挟むようにして座る。これではまるで瑞貴が犯人か何かのようだ。

護衛の意味もあるかもしれないが、瑞貴が逃げないように見張られているような気がしないでもない。

瑞貴は迎えに来ることに対して文句を言うのを諦《あきら》めて、隣に座った男に尋ねた。

「今日、敏晴義兄《にい》さんは家にいる？」

「組長は、今夜はまだ香港《ホンコン》です。おやっさんは戻ってきています」

おやっさんこと義父は、仕事を兼ねて母と新婚旅行に香港へ行っていたのだが、どうやら長男の敏晴を置いて先に帰ってきたらしい。

義父《とう》さんに言って、どうにか対処してもらおう。このままでは益々会社に居づらくなる。

瑞貴は微《かす》かな希望を胸に、簗木組、本宅へと戻ったのだった。


簗木の本宅は、閑静な住宅街にある。近隣住民に不快感を与えてはならないという先代からの教えにより、組の者は本宅の門の中まで直接車で入れるようになっていた。公道でいかつい姿を見せて、住民をむやみに怖がらせないように配慮しているのだ。

さらに組の若い者を、強制的に町内清掃やゴミ当番などに参加させ、地域への貢献を欠かさないようにしている。地域あっての我々だと、昔からの任侠道を通しているのがここ、築木組であった。

檜《ひのき》造りの立派な門をくぐり、瑞貴を乗せた車は本宅へと帰ってきた。

千坪近い本宅は、都心にしてはかなり大きい純和風の屋敷だ。

ほんの半年前までは、築三十年以上の中古マンションに母と二人で暮らしていた瑞貴にとって、ここが我が家だと言われても、なかなか落ち着かない。

未《いま》だ緊張しながら玄関に入る。やっと落ち着くのは、瑞貴のために用意された十畳の私室だ。ここが一番落ち着く。それでもここに来る以前にマンションで使っていた四畳半の部屋よりもはるかに大きい。

そのため部屋の広さに慣れず、部屋の真ん中より、壁際にもたれてテレビを観るのが何よりも至福を感じる庶民である。真ん中より端っこが好きなのだ。

お陰で家具が全部隅に寄ってしまい、真ん中がぽっかりと開いた、バランスの悪い部屋になってしまった。

俺、子供の頃から小さい部屋に住んでいたから、そう簡単には大きな部屋に馴《な》染《じ》めないんだよな……。

自分の部屋に入って、溜息をつきつつスーツを脱ぎ始める。すると、少しだけ廊下が騒がしくなった。誰かが来たようだ。

「瑞貴、入っていいか」

次兄の雅弘の声だ。

「あ、はい。ちょっと待っていてください」

瑞貴は慌てて部屋着に着替えると、ドアを開けた。

「雅弘義兄さん、何か」

瑞貴がドアを開けた途端、雅弘が部屋へと入ってきた。

「義兄さん……？」

大人になってから義兄弟ができるのは、どう距離を置いたらいいのかわからない分、難しい。それが一つ屋根の下に暮らすとなると、気苦労も倍増だ。

家族になったのだから他人とはいえないが、かといって、気安く話すのも躊躇する。歳の離れた義兄となると言葉遣いも考えるところだ。

瑞貴がどうしたらいいのか、あたふたしていると、雅弘がその甘いマスクとは裏腹に、鋭い双眸を向けてきた。

「加藤《かとう》から聞いたが、お前、迎えはいらないなんて、えらそうなことを言ったそうだな」

「え、えらそうなことって……。あの、別に俺は一人で会社に行けますし、送り迎えなんて、子供じゃないんですから、必要ありません」

いい歳して、会社まで送り迎えなどしてもらいたくない。満員電車に揉《も》まれて通勤したほうがどれだけ心の負担が少ないか。それにいかにもヤクザという男たちに囲まれている自分が、他人から見てどう映るかも、考えるだけで頭痛がしてくる。

だが目の前の男はそんな一般庶民の瑞貴の悩みなどお構いなしに、話を続けてきた。

「ちんぽに毛も生えてないような面《ツラ》して、よくえらそうなことを言えるな」

「ななな……何をっ、俺は立派な成人男子です！」

「ふん、危険察知能力は子供どころか、お前なんか赤ん坊並みだろう」

「赤ん坊並みって……少なくとも、俺だって自己防衛くらい人並みにします」

「自分の命の守り方も知らないやつが何を言う。まったく、これ以上厄介事を増やすな。ただでさえも親父が色ボケして、尻拭《しりぬぐ》いに大変なんだ。お前はせめて俺たちに迷惑をかけないように言われた通りにしていろ」

「そんな頭ごなしに言われて、はい、なんて素直に頷けません」

「何？」

雅弘の瞳《ひとみ》に険しさが増す。だが瑞貴も負けていられない。じっと雅弘を見つめ返した。

自分にも譲れないところがあると、義兄にわかってもらいたい。それにこれからずっと頭から押さえつけられて生きていく人生なんて真っ平だ。

目を逸《そ》らしたくなる衝動に駆られながら、意地で雅弘を見つめ続けていると、彼の手が動いた。殴られるっ、と思って目を瞑《つむ》った瞬間、彼の指が瑞貴の顎《あご》を持ち上げてきた。

「ふーん、綺麗な面しているのに、見かけによらず根性あるな。さすがは房江さんの息子ってところか？」

「顔と根性は関係ありません」

怖くて震えそうになる躰を、気合を入れて踏ん張る。義兄に対して怖がっていたら、これから先、一緒に暮らしていけない。ここはどうにか留《とど》まらないといけないところだ。

「まいったな、ったく」

だが、瑞貴が緊張しているというのに、ふと雅弘の睨む視線が緩み、そんなことを呟《つぶや》いた。なんだろうとこちらも気を緩めると、いきなり彼の唇が瑞貴の唇に重なる。

「うっ!?」

反射的に雅弘を殴ろうとしたが、軽くかわされ、唇が離れる。

「おいおい、これくらいで殴られたら、俺は殴られ損だぞ」

まるで大したことのないように告げてくる雅弘に思わずムッとする。

「こ、これくらいって、充分殴られる価値があると思います。それに損だと思うなら、こんなことをしないでください」

「黙ってされるお前が悪いんだろうが。食ってください、尻を洗って待ってました、なんて顔して見つめやがって。こっちにだって我慢にも限界があるぞ」

「な……尻って……」

どこにどう文句を言ったらいいかわからない。彼の言葉すべてが理解できない。もはや未知との遭遇、宇宙人である。いや、もしかしたら、これは何かのテレビ番組のどっきりで、どこかに隠しカメラがあるかもしれない。

思わず、周囲をカメラがないか探してしまった。だが雅弘はそんな瑞貴にお構いなしに口を開く。

「大体、瑞貴、お前の危険察知能力、及び自己防衛能力が劣っている証拠だろう？」

「なっ……」

誰が男の……しかも義兄にキスされるなんて予測するだろうか。

「ど、どうしてキスなんかするんですかっ！」

「どうしてって……お前があんまり可愛い顔をするからだろ」

「か……か、可愛いって、なんですかっ！」

瑞貴が怒鳴ると、雅弘がニヤリと人の悪い笑みを浮かべた。まさにエロ親父がろくでもないことを考えている表情とでもいうのだろうか。

瑞貴はどんなことを言われても、対処できるように身を構えた。案の定、目の前の男は口を開くなり、莫迦なことを喋《しゃべ》り始めた。

「なんで可愛いか、か……。まあ、俺に抱かれたくて仕方ないって感じがありありとわかって、初々しくて可愛いってことか？　ほら、抱いて、抱いてって訴えられると情が湧《わ》くし、俺は『据《す》え膳《ぜん》は食う派』だから」

「な、なななな、何が食う派ですかっ！　威張って言うなっ。大体、抱いて……ってなんですかっ。誰もあなたに抱かれたいなんて思ってもいないし、あなたに初々しくて可愛いなんて思ってもらいたくもありません！　それに義理とはいえ俺たち兄弟ですよ。全部ありえませんから！」

「そっか？　別に義理だし、血も繋《つな》がってないし。ま、仮に繋がっていても孕《はら》まないから遺伝子的にも問題ないだろ」

「あ、悪魔っ！」

彼の恐ろしい考えに、瑞貴が身を竦《すく》ませるのもわずか、すぐに雅弘が気を取り直したように言葉を続けてきた。

「ま、そんな話は後でいい」

「よくないですっ」

後にされたら困るのは瑞貴である。今、ここではっきりとしてもらわなくては、あらぬ疑い……『ゲイ疑惑』を義理の兄に持たなくてはならない。

いろんな意味で身の危険を覚える。

「本題に戻すが、いいか、送迎がいらないなんて、クソ面倒なこと言うんじゃないぞ。わかったな」

「クソ面倒って……」

「じゃ、俺は仕事に戻るからな」

「え！　義兄さん」

呼び止めるが、雅弘は瑞貴の言葉など聞いてはいないようで、さっさと自分勝手なことを告げて部屋から出ていった。

一体、なんなんだ……。

嵐《あらし》のように現れた男は、瑞貴に困惑だけを残して再び嵐のように去っていった。

唇に触れたのは、温かく濡《ぬ》れた感触。彼の唇が瑞貴の唇に触れたのは間違いようのない事実だった。

そのことを改めて感じた途端、いきなりカッと瑞貴の頬に熱が集中する。

普通の兄弟って、唇にキスするか？

義兄弟だからするとか――？　ありえん。

あ、でも洋画なんかで挨拶代わりにしているのは観たことあるよな……。

いやいや、ここは日本だし。しかもヤクザだし……。くぅ～！

わけがわからなすぎて、頭がぐるぐるしてくる。瑞貴は床に倒れ込み、思わず真面目に体育座りなどをしてみた。だが、心はどこか落ち着かない。
ゲ、ゲイってことないよな？　義兄さん、女にもてそうだし。
不安という名の重圧が瑞貴に圧《の》しかかってくる。

「うわぁぁ……、俺、本当にこれからやっていけるんだろうか」

そんな小さな呟きは、十畳の部屋に吸い込まれていった。

＊＊＊

「行ってらっしゃいまし、坊ちゃん」

会社の真ん前で、いかにもヤクザという強面の男が二人、深々と瑞貴に向かって頭を下げる。その光景からして、何も知らない人から見れば、瑞貴がヤクザの幹部だと間違われそうだ。きっと今ここにいる通行人の何人かは、そう思っているに違いない。

今日も今日とて、結局送迎は続けられた。

昨夜《ゆうべ》、あれから夕食時に義父や母に会ったのだが、義兄の雅弘も同席しており、送迎をやめてほしいと言うに言えなかったのだ。それに、雅弘から言われた内容がまんざら適当なことではなく、いろいろ考えた結果、このまま続けたほうがいいのかもと思えたからだ。

たぶん瑞貴の危険察知能力はヤクザの世界に身を置くにしてはなさすぎる。

瑞貴は以前と変わらぬ生活をするために、カタギとして何も組の情報を教えてもらっていない。まったく組とは無関係の人間にしてもらっている。

それゆえに、もしかして抗争か何かがあって、やむを得ず瑞貴の送迎を続けているなど理由があるのに、それらを知らされていない可能性もあるかもしれない。

そう思うと、そうそう安易に送迎をやめてくれとは、口に出せるものではなくなってしまったのだ。

結局、今日も昨日と変わらない光景を会社の前で披露するハメに陥っている。

いつかこの光景はなんでもない日常になって、通り過ぎていく人も振り向かなくなる日が来るんだろうか……。

あまり嬉しくない未来を思い浮かべながら、会社のエントランスに向かって歩いていると、いきなり声をかけられた。

「瑞貴」

声がしたほうに顔を向けると、植え込みのところに、見覚えのある一人の男性が座っていた。

「さ、佐橋《さはし》先輩！」

そこに座っていたのは、高校時代の部活、剣道部の一年上の先輩だった佐橋秀和《ひでかず》という男であった。高校時代、よくしてもらっているし、剣道部のＯＢは卒業しても連絡を密に取って飲み会などを開いていることもあって、未だに縁が続いている仲である。

「よかった。お前んチに電話しても、通じないし。お前が大学卒業したらここに勤めるって前に聞いていたから、待ってみたんだ。会えてよかった」

「あ……すみません、最近、引っ越したので……」

佐橋とは一年ほど前に、剣道部のＯＢの飲み会で会ったのが最後で、瑞貴が卒論やら母の結婚などでバタバタとしていたこともあって、それから会ってはいないし、連絡も取っていない。だからこんな場所で彼が待ち伏せのような状態で待っていることに、しばし驚いた。

「佐橋先輩、どうしたんですか？　こんなに朝早くから」

「いや……そのさ、久々にお前の顔が見たくなってな。その……今夜、一緒に飲まないかな、って思って待っていたんだ」

その歯切れの悪さから、何か相談ごとでもありそうだ。高校時代、とても世話になった先輩の一人なので、どうにか都合をつけて話を聞きたい。

だが、終業後の夜の外出はなかなか難しいものがある。瑞貴を迎えに来ている組の男たちを、ずっと待たせなければならないからだ。

いくら先に帰ってくれと願っても、瑞貴を置いて帰ることは断じてない。彼らは頑として譲らず、瑞貴が帰るのを待つのだ。

しかも飲み屋の前で立たれた日には、店主から営業妨害だと怒られ、早々におひらきにしなければならないこともあって、いろいろと神経を使う。

そんなことが続いて、瑞貴もよほどのことがない限り、残業が終わった後は、なるべくそのまま帰るように心がけていた。

「先輩、申し訳ないんですが、残業もありますし、諸事情で、仕事が終わるとすぐに家に帰らなければいけなくて……」

「あ……なら、昼は……ランチはどうだ？　あまり時間はとらせない。この近くの店でいいから、ランチに付き合ってくれないか」

ランチか……。ランチなら大丈夫かな。

「じゃあ、十二時少し過ぎにここで待ち合わせでもいいですか？」

「ああ、無理言って悪いな」

それまで沈んでいた佐橋の顔がパッと明るくなる。よほど何か悩みごとでもあるのかもしれない。

瑞貴は何か力になれたら……と思いながら、その場を離れたのだった。


昼になり、どこの店も満員なのと、入ったとしても長居ができないので、コンビニで弁当を買って、二人は近くの公園で食べることにした。

青空の下、そろそろ日差しも強くなり始め、木陰で食べていても暑さを感じるくらいの季節になっていた。

瑞貴はスーツのジャケットを脱ぐと、佐橋と一緒に弁当を食べ始めた。

最初はお互いに近況を報告しあったり、日本経済の低迷を嘆いたりしていたのだが、弁当をそろそろ食べ終わる頃になると、佐橋の箸が急に止まった。

「あのな……」

佐橋の声に瑞貴は視線を向けた。佐橋は箸を握っている手にぐっと力を入れて、何かを言い出そうとしている。瑞貴はそんな佐橋に声をかけた。

「先輩、何か話すことがあるんですよね、どうしたんですか？」

「あ……」

何かに弾《はじ》かれるように佐橋が顔を上げた。

「……あの……な、瑞貴、お前の母さんがヤクザと再婚したって……本当か？」

思わず瑞貴の眉間に小さな皺が寄った。噂というものはどこから漏れるのかわからないが、そんなことが先輩の耳に入っているとは思ってもいなかった。この分だと剣道部のOBの中にも瑞貴の家の事情を知っている人間が多そうだ。

「……本当です。やっぱり俺と付き合うの、躊躇しますよね」

今まで知り合いだった人間のどれくらいかわからないが、瑞貴の家族関係を知れば、離れていく人間も多いだろう。覚悟はしていたが、それを目の当たりにするのは、さすがにこたえる。今でも尋ねられただけで、心臓がきゅっと縮まるような感じがした。

だが瑞貴はそれを表に出すことなく、佐橋に笑顔を向けた。

「俺だって、誰かがヤクザの関係者だって聞いたら、逃げちゃうと思うし……仕方ないですよね」

強がりでそんなことを言うと、佐橋が大きく首を横に振った。

「……頼むっ。助けてくれ、瑞貴」

「え？」

予想外の言葉に瑞貴が目を丸くしていると、佐橋が堰《せき》を切ったように話し出した。

「実は俺、今、ヤクザに追われているんだ」

「ヤクザに追われている？」

「ああ、松田《まつだ》組って知っているだろ？」

知っていて当然というように聞かれ、今度は瑞貴が大きく首を横に振った。

「あ……すみません、俺、ヤクザ稼業にはノータッチで、そういうの全然知らないんです。その松田組というのは有名なんですか？」

「いや……有名ってほどじゃないかもしれないけど、たぶんお前んところと勢力争いしてるんじゃないかな」

「そう、なんですか？」

申し訳ないくらいピンとこない。自分の家のことなのに、まったく何も知らない自分に改めて気づかされ、これでは駄目だと思い直す。

義父や義兄らが瑞貴のためにと、きな臭いことは教えないところがあるし、瑞貴もできれば知らずに済ませたかったところもある。だけど簗木の家族になった以上、それでは駄目なのだ。

そんな思いが瑞貴の胸に込み上げてきて、瑞貴を積極的に動かしたのかもしれない。佐橋の話が詳しく聞きたくなった。

簗木組と敵対関係の松田組に追われている佐橋の話は、きっと瑞貴に知らない知識を与えてくれるに違いない。

「それで、どうして佐橋先輩は追われているんですか？」

「実は俺、好きな奴ができたんだ。で、まあ……子供ができちゃって……」

「子供！　ちょっとびっくりですけど、おめでとうございます」

「あ、ありがとうな……」

佐橋はそれまで緊迫した様子だったが、子供のことを口にすると気が緩んだのか、照れを隠そうと、はにかんだ。

「でも、どうしてそれがヤクザと関係あるんですか？」

「その好きな奴が、いわゆる……夜の蝶《ちょう》、キャバ嬢で……」

キャバ嬢。真面目な佐橋からは想像ができない相手だ。じっと佐橋の顔を見つめていると、彼が何を思ったのか、口を閉じてしまった。瑞貴は焦《じ》れったくなり先を促した。

「彼女が借金か何かをしていたんですか？」

「いや……その彼女が松田組の組員の情人だったんだ」

最後のほうは声が小さくなって聞きづらかったが、どうにか瑞貴は聞き分けた。

「ってことは、二股《ふたまた》かけられていたってことですか？」

「そこを強調するなよ。彼女は俺を選んでくれたから、子供のことを正直に話してくれたんだ。最終的には俺を選んでくれたんだよ」

「は……はあ」

なんとなく先が読めた。ヤクザの愛人に手を出し、子供までできてしまったとなったら、瑞貴だって、それがまずいことだっていうことくらい理解できる。

「店に何度もヤクザがやってきて、嫌がらせをしてきたんだ。ほら、瑞貴も知っているだろ？　俺、小さな居酒屋で働いていたから、店長に申し訳なくってさ。結局仕事を辞めたんだ」

「辞めたんですか⁉」

佐橋が働いていた店は、小さいがそれなりに流行《はや》っていた居酒屋だった。調理師免許を持っていた佐橋はそこで板前として働いていた。瑞貴も以前数回、行ったことがある。

「ああ、でも辞めてからが大変だった。相手の男から逃げるのが精一杯で、なかなか仕事に就けなくなったんだ。その上、彼女が身重だろ？　お金もいったりで……。そうしているうちに普通の金融機関ではお金が借りられなくなって、いわゆる街金にお金を借りるようになって……」

佐橋が言葉を切って、小さく溜息をついたのを見て、瑞貴が言葉を続けた。

「……首が回らなくなったんですね」

佐橋が頷く。

「今は彼女の元恋人の松田組の組員と、借金取りから追われている」

「いくら借りてるんですか？」

瑞貴が肩代わりできるような金額ではなさそうだが、聞いてみた。だが、佐橋は首を横に振った。

「借金を立て替えてもらおうって、お前に会いに来たんじゃないんだ。実は松田組の男を説得してほしいんだ」

「説得？」

「お前んち……ヤクザだろ？　お前が間に入ってくれたら、まともな話ができるんじゃないかって。俺相手じゃきっと話もできずに暴力だけ振るわれて、彼女を奪われるのがオチだ。このままだと、俺も彼女も殺されるかもしれない」

「そんな……」

「彼女も怯《おび》えているよ。でも、こんなことじゃ、いつまでたっても話にならない。いつまでもあの男が傍をうろついていたら、彼女も安心して子供が産めない。借金は自分が借りた金だし、どこかで働くことができたら、返していけるから……、あの男との仲裁に入ってくれないか。頼む、瑞貴」

「仲裁って言われても……」

半年前にいきなりヤクザの家族という肩書きがついただけの瑞貴だ。そんな世界のやりとりは素人だ。

どうしようかと悩んでいると、いきなり手元が暗くなった。太陽の日差しを遮る何かが瑞貴の頭上に現れたのだ。

「そこまでにしとけ」

「え？」

慌てて見上げると、そこには義兄の雅弘が立っていた。

「義兄さん！」

「瑞貴、そんな人生を転落したような男を相手にするな、行くぞ」

雅弘は暴言を吐くと、瑞貴の腕を強く引っ張り上げ、ベンチから立たせた。

「義兄さん、そんな言い方ないです。佐橋先輩は愛する奥さんと子供のために、頑張っているんです！」

「ああ？」

鋭い眼光が瑞貴を貫く。アパレル系の会社に勤務していそうな外見ではあるが、やはりその眼光はヤクザならではの凄《すご》みがある。だが、瑞貴はどうにか踏みとどまって、雅弘の眼光に耐えた。

「義兄さん、先輩は奥さんを守るために必死なんです」

そんな瑞貴の言葉を雅弘は鼻で笑った。

「ハッ、てめぇの下半身の責任も持てない奴は死んじまえ。気持ちいいことだけやって、後始末もできない男は一生童貞でいろ。子供なんかつくってんじゃねぇ」

「に、義兄さん！」

益々エスカレートした言葉に、瑞貴は真っ青になって義兄の口を塞ごうとしたが、反対に引き寄せられ、羽交い絞めにされてしまう。

「お前も、こんなところで仕事サボっていていいのか？」

「サボっていません！」

そう答えるやいなや、目の前にダイヤモンドが散りばめられた腕時計を差し出される。なんの自慢かと思いきや、時計の針は一時を過ぎていた。理解した瞬間、瑞貴の背筋に冷たいものが流れ落ちる。

「うわ、昼休み、終わってる！」

佐橋の話に夢中で時間が過ぎるのを忘れていた。瑞貴は慌てて弁当を片づけると、佐橋にまた連絡します、と告げて会社に戻ろうとした。だが、その腕を引っ張る男がいた。雅弘だ。

「おい、車に乗せてやる」

「え?」

雅弘に腕を掴まれたまま、公園の中を歩く。

「ちょ、ちょっと待って、義兄さん」

呼び止めるも雅弘がこちらに振り向くことはなかった。そうしているうちに、公園の出入り口のところに見慣れた車、真っ赤なジャガーが停《と》められているのが見えた。雅弘が私用で使う車だ。

チンピラと思《おぼ》しき若い男が、警察に切符を切られないように見張るためか、ジャガーの前で待機している。

「ごくろうだったな。これで飯でも食っとけ」

「あざっス、兄貴!」

雅弘は一万円札をその男に渡すと、そのまま瑞貴をジャガーの助手席に押し込め、自分は運転席へと乗った。すぐにエンジン音を轟《とどろ》かせ、車が発進する。

若い男は頭を深々と下げ、瑞貴を乗せたジャガーを見送った。それこそバックミラーからその姿が消えるまで、男はガソリンスタンドのスタッフか、と突っ込みたくなるほど、ずっと頭を下げていた。

だが遠くなる男の姿を見て、瑞貴の心に不安が生まれる。

「義兄さん、俺の会社、すぐそこですから、車に乗ったほうが余計時間がかかるので、ここで降ろしてもらってもいいですか？」

「そうだな」

雅弘はそう返事をすると、おもむろにジャケットの内ポケットからスマホを取り出すと、どこかへ電話をし始めた。

もう昼休みの時間は終わっていて、一刻も早く会社に戻りたい瑞貴にとって、そんな電話の通話を待つ時間などない。義兄を見上げてハラハラしていた。

「あ、楡崎《にれざき》さんですか？　忙しいときにすみません。簗木です」

「えっ！」

楡崎とは、瑞貴の母方の伯父で、瑞貴の勤めている会社の社長でもある。

いつの間に、義兄さん、伯父さんの電話番号を！

信じられない思いで雅弘を見つめていると、彼は勝手に話し出した。

「いつもお世話になっております。あ、いえ……こちらこそ、先日はいろいろとご相談いただき、ありがとうございます」

「せ、先日って、義兄さん、いつ伯父さんと話しているんだよ」

聞き捨てならない会話に瑞貴が突っ込むと、鋭い双眸を向けられる。黙れと無言で告げられているようだ。

「え？　瑞貴君の声が？　ええ、今隣にいるんです。はい……ええ」

とても先ほど罵詈雑言《ばりぞうごん》を口にしていた男の口調とは思えない。ビジネスシーンではきちんとした言葉遣いができるようだ。確かにヤクザではあるが、表向きは不動産業をはじめとする数多くの業種を営む多角経営者ということだから、それなりに猫の皮を被ることはできるのだろう。

「……それで申し訳ないのですが、こちらの事情で問題が起きまして、瑞貴君の安全を考えて、今日はこのまま退社させてもらっても宜しいでしょうか？」

ええっ!?

いきなり瑞貴の耳に飛び込んできた雅弘の台詞《せりふ》にぎょっとする。

「ちょっと！　義兄さ……」

口を挟もうとするも、再びじろりと睨まれ、静かにしろと無言で命令される。

「はい……いえ、こちらこそ勝手を申し上げ、すみません。ええ……ええ。そんな、こちらがご迷惑をおかけしてばかりで恐縮です。大丈夫です。房江さんも瑞貴君も必ずお守りいたしますので。ええ……ご心配をおかけして申し訳ありません」

「え？」

何か問題があったのだろうか。彼の横顔からはその内容は想像がつかない。

もしかして抗争でも――っ！

簗木家に住み始めて以来、こんな状況になったのは初めてで、瑞貴としては話を聞いているだけで心臓がバクバクしてきた。

「……では失礼いたします」

心臓の音に気を取られているうちに、雅弘と伯父の電話も終わったようだった。

「あの、何かあったんですか？」

「何もない」

「何もないって……今、伯父さんに、こちらの事情で問題が起きたって言っていましたよね？　それに俺の安全を考えて退社するとも。それで何もないってこと、ないでしょう！」

運転をする雅弘に言い募ると、彼が大きく息を吐き、いかにも面倒臭いという顔を瑞貴に見せてきた。瑞貴も怯《ひる》まずに見つめ返す。

「義兄さん！」

「はぁ……、ったく、ああでも言っとかないと、会社を休めないだろうが。嘘も方便っていう言葉、知らないのか？」

口調が伯父に対してのものと大きく変わり、いつもの荒いものに戻る。

「ちょっ……ちょっと待ってください！　今の嘘なんですか？」

「そうだ」

「そんな……降ろしてください！　今からでも会社に行きます」

「そんなこと言っても、もう休むって言っちまったし。ま、いいじゃないか、たまには休んでも」

「義兄さんは会社をなんだと思っているんですか？　サラリーマンの、いわば戦場ですよ。簡単に休んだりできません！」

「はいはい、その通り、その通り」

瑞貴が抗議しても、雅弘はのらりくらりとかわすだけで、まったく相手にしていない様子で、前を見て運転をする。そればかりかアクセルをさらに強く踏んで、物凄いスピードで走り出した。

ぐぅんと伸びるスピードに、瑞貴はシートベルトにしがみつきながらも、義兄に抗議する。

「義兄さん！　降ろしてください！」

「やだよん」

何が、やだよんだ。いい歳して！

瑞貴はキッと隣の義兄を睨んだ。

警察の人！　一時停止したか、しないか、みたいな詐欺紛《まが》いな取り締まりをするより、この暴走車こそ捕まえてくださいっ！

心で祈るが、こういうときに限ってパトカーも白バイも現れない。どうでもいいときにはドヤ顔で出てくるというのに、だ。

辺りをきょろきょろしながら警察官の姿を探している瑞貴に、どこか状況を楽しむような様子で雅弘が声をかけてきた。

「お前、いい太腿《ふともも》してんな」

「な……何を急に」

瞬時にゲイ疑惑を思い出し、瑞貴は慌てて雅弘から少しでも離れようと、ドア側に身を寄せる。だがそんなことでは大した距離を得ることができず、その証拠に彼の手が大胆に瑞貴の太腿を撫《な》でてきた。

「ひゃっ」

「この太腿が俺の腰に回るのを想像すると、結構、クるな」

「セクハラです！　あ、ありえないことを想像しないでください。時間の無駄です、義兄さん」

「時間の無駄か……。面白いことを言うな。じゃあ、お前はどんな男相手なら足を開くんだ？」

ちらりと流し目でそんなことを尋ねてくる男に思わず殺意が生まれる。

「それ以上セクハラめいたことを言うと、本気で殴りますよ。俺だって力あるんだから」

「フン、その真面目さがそそるんだ。よく覚えておけよ？」

そう言いながら太腿から手が離れる。ホッと一息吐いた瞬間、瑞貴の股間《こかん》を雅弘がギュッと強く握ってきた。声を上げる間もなく、彼の手はすぐに瑞貴から離れ、ハンドルを握り直す。

「な、なな……」

「思った通り、小さいな」

「義兄さんっ！」

思いっきり怒鳴ったが、我関せずとばかりに雅弘は涼しい顔をして、まったく違う話題を口にし始めた。

「あの佐橋という男、うちの組の系列の金融会社からも金を借りているぞ」

「え？」

瑞貴は完全に聞こえない振りをしてやろうと思っていたが、話の内容を耳にして無視もできず、忌々しく思いながらも雅弘に視線を戻した。

「うちに来た時点で、他にも幾つか借りていたようだ。それが焦げつき始めていて、回収がかかってんだよ」

「先輩はそんなに借りてないような口ぶりでしたよ」

「借りている奴は、皆、他人にはそう説明すんだよ。自覚がないのか、または変なプライドが邪魔をして、かっこつけたいのかは理解できんが、どの人間も、最初は大したことないって言うぞ」

「そんな……」

「あの男は、お前には言ってなかったようだが、あいつの借金は今の女にいろいろと貢いだせいもある。身の程知らずに毎晩キャバクラに通って、女の成績上げるために、ボトルを何本も入れたりして、涙ぐましい努力をしていたみたいだぜ。ま、そのために自分の人生捨てちゃあ、おしまいだがな」

　佐橋は気のいい先輩だ。それに借金をするような男ではなかった。それがキャバ嬢に恋をしたために、何かが狂ってしまったというのだろうか。

「義兄さんは、どうしてそんなことを知っているんですか？　大体、どうしてあの公園にいたんですか？」

　それが不思議でたまらない。

「あ？　加藤が連絡してきたんだ。お前に何かあったら親父に殺されるからな。いつもと違うことがあったらすぐに俺に連絡するように言ってある。で、お前に佐橋という男が近づいたことを知った。さらに佐橋という男について調べさせたら、今のことがわかっただけだ」

確かに瑞貴がボディーガードとして連れている男の一人、加藤の前で、瑞貴は佐橋の名前を口にした。それから昼休みになるまでの間で、加藤ないし、組の者が佐橋の身辺調査をしたのだろう。

「そんな……」

このままでは佐橋がどうなるのかわかったものではない。

「義兄さん、佐橋先輩がもし借金を返せなかったらどうなるんですか？」

聞くのも怖いが、このまま借金を返せなかった場合の佐橋の行く末を知りたかった。その状況によっては、もしかしたら何か解決の糸口が見つかるかもしれない。

そんな思いを胸に抱き、瑞貴がどきどきしながら尋ねているのに、運転席に座った雅弘は、緊張感もまったくない様子で呑気《のんき》に答えてきた。

「そうだなぁ、女だったらソープに沈めたりできるが、男だもんなぁ……。まあ、昔からのやり方をすんなら、臓器を売るか、マグロ漁船に乗せるか、それとも事故に見せかけて自殺してもらって、保険金を貰うかだな」

「っ……」

どれも恐ろしい結末だ。

な」

「義兄さん、どうにかできないんですか？」

「ああ？　もしかして、お前、その男を助けたいとか莫迦なこと考えてんじゃねぇだろうな」

　ちらりと鋭い眼光が瑞貴に向けられる。一瞬その瞳に怯みはしたが、瑞貴は勇気を持って、雅弘に対峙《たいじ》した。

「莫迦なことって……高校のときに世話になった先輩ですよ。できることなら、何かしたいじゃないですか」

「あ？　まさか、お前、あの男を愛しているって言うんじゃないんだろうな」

　こちらが真剣に話しているのに、茶化されるのは腹がたつ。

「な……誰がそんなことを言うんですか！」

「なら、別にいいけどよ。大体、お前、俺の話を聞いていたか？　あいつはうち以外にも借りているんだ。もし簗木組があの男を庇《かば》うことになると、親父にも迷惑がかかるってこと、わかっているか？」

「お義父さんにも……？」

「兄貴はまだ跡目を継いだばかりだ。親父が健康なうちは、まだまだよその組は親父をシロウトさん同様に扱うことはない。それに親父だって、息子の不始末は自分の不始末だと、ケジメくらいつけるだろうしな」

何がどう不始末で、ケジメとは一体なんなのかよくわからないが、義父に迷惑をかけるわけにはいかない。母を幸せにしてくれた大恩人でもあるし、瑞貴に対してもいろいろと配慮してくれる優しい義父だ。

「どうしたら……」

だが、このまま佐橋を見捨てることもできなかった。彼が今のままでは普通の人生を送れなくなるのも時間の問題だ。

「何かいい方法はないでしょうか？」

「お前、そんなにあの男を助けたいのか？」

気のせいか、雅弘の声が刺々《とげとげ》しくなった感じがする。しかし今はそんなことに気を取られている場合ではなかった。

「ええ、先ほども言いましたが、高校のときに世話になりましたし、今もたまに飲みに行ったりして、よくしてもらっているんです」

「よく、してもらっている……か」

なんとなくニュアンスが違うような気もするが、瑞貴にとって佐橋は大切な先輩であることを雅弘にわかってもらいたくて、「はい」と大きく頷いた。

だが、それの何が気に入らなかったのか、雅弘の機嫌が一段と悪くなるのを感じる。ジャガーのアクセルを踏む力も強くなった。恐ろしさにシートベルトをぎゅっと摑みながら、瑞貴は雅弘に声をかけた。

「義兄さん、スピードをもっと落としてください」

「怖いなら目を瞑っていろ」

そう冷たく言い放たれる。次第に、スピードもだが、雅弘自身にも恐怖を覚えてきた。

「義兄さん、降ろしてください。俺、やっぱり会社に行かないと。そんなに簡単に休んだら、皆に迷惑がかかります」

どうにかして車から降りたくて訴えてみても、雅弘は何も言わずに車を走らせるだけだ。もう佐橋の話題も口にしない。

義兄の突然の怒りの意味もわからず、瑞貴は途方に暮れるしかなかった。


しばらく車を走らせると、グレードの高そうなマンションの地下に雅弘は車を停めた。

「あの……ここは？」

「このマンションに、俺が個人的に持っている部屋がある」

雅弘は簡単な説明をすると、さっさとジャガーから降りる。瑞貴も運転手が降りたのなら乗ったままでもいられず、車から降りるしかなかった。

地下から住居フロアに直結のエレベーターに乗り込む。最新のセキュリティーらしく、手を画面に翳《かざ》すだけで、階数のボタンを押さなくてもエレベーターは正確に主《あるじ》の住むべき階へと運んでくれるようだ。

軽い浮遊感に、焦る心臓が煽《あお》られる。エレベーターが動いた途端、瑞貴の背中に冷や汗が出た。

どうして、こんなところに連れてこられたんだろう。

相手がヤクザだと思うと、恐怖しか湧き起こってこないが、仮にも義兄だ。もしかしたら、部屋で佐橋について何かいい案を聞かせてくれるのかもしれない。

そう思い、震える足に力を入れて踏ん張った。

目的の階に着いたらしく、エレベーターの扉が開く。扉の向こう側には、高級マンションには不釣り合いなスキンヘッドと、顔に傷がある男の二人が立っていた。トンネルをくぐると……ではないが、扉が開くと、そこは紛れもなくヤクザワールドが広がっていた。雪国のほうが何倍もマシなのは言うまでもない。

「お帰りなさいまし、若頭」

スキンヘッドの男が頭を下げてくる。その前を雅弘は瑞貴を引き連れて通った。

「ああ、何も問題はなかったか？」

「はい。これといって目立った動きはありません」

「今からしばらく緊急時以外は声をかけるな」

「わかりやした」

男たちが意味ありげにニヤニヤ笑うのを目にしながら、瑞貴は雅弘に引っ張られるまま、部屋へと入った。

玄関は、マンションにあるまじき広いものだった。床は本物か人工なのか瑞貴には判断できないが、大理石らしきものが敷き詰められている。さらに片側の壁面が鏡張りのシュークローゼットになっており、一箇所、クローゼットのドアが開いていたので覗《のぞ》いてみると、靴がところ狭しとずらりと並んでいた。その広さは瑞貴ならそこでしばらく暮らせるかもしれないほどであった。

「すごい……」

本宅もかなりの大きさを誇る豪華な和風建築であったが、ここも相当贅沢《ぜいたく》なマンションだ。どうやらヤクザという商売はがっぽり儲《もう》かるらしい。

「おい、何をしている。早くこっちへ来い」

瑞貴がシュークローゼットの前で足を止めていると、先に奥へと向かっていた雅弘が呼ぶ。瑞貴は慌てて後を追った。

廊下の突き当たりは広いリビングで、五十畳以上はありそうだ。ちょっとしたパーティーができそうである。そこにシンプルに、かなり質のいいリビングセットとテレビが置いてあった。

「そこに座っていろ。何か飲むか？」

雅弘がキッチンに行って冷蔵庫を開けるが、とてもこんなところで何かを飲む気にはなれなかった。一刻も早く、佐橋のことを話し合いたい。

「あ……いえ」

そう答えても、瑞貴の返事を聞いていないのか、冷蔵庫を覗いて言葉を続けてくる。

「ビール、ワイン……焼酎《しょうちゅう》もあるな」

「み、水でいいです」

「あ？」

雅弘が冷蔵庫から顔を上げ、瑞貴を睨んでくる。だが、これで怯んでは駄目だ。

「水でいいですっ！」

広いリビングに瑞貴の声が響き渡ったかと思うと、途端、シンと静まり返る。あとは虎と龍《りゅう》の睨み合いである。いや、実際はフェレットと龍の睨み合いかもしれないが、瑞貴としては虎でありたい。

しばらく睨み合っていると、雅弘が諦めたように大きく溜息をついた。

「お前なぁ……付き合いってもんがあるだろう」

「仕事中に酒など飲めないです」

雅弘が軟化した態度を示してきても、瑞貴はまだまだ気が抜けない。

「仕事は今電話して、休みにしてもらっただろうが」

「そんな強引なやり方、納得していません」

「まったく固いな」

「固くて結構です。それより義兄さんこそ、仕事はどうしたんですか？」

「社長なんてものはな、適当にハメを外しておかないと、下のもんの息が詰まるんだ」

適当なことを口にしながら、瑞貴の前にペリエのボトルを置く。そして自分も瑞貴の向かい側に座った。

ちゃんと酒ではなく、水を持ってきてくれたことに少し驚きつつ、雅弘の顔を見上げると、彼の片眉が軽く跳ねた。

「なんだ？　ボトルから直接飲めないのか？　グラスがないと駄目だとか言うんじゃないだろうな」

瑞貴の驚きに気づかないのか、そんなことを不満そうに呟く。

「そんなこと言いません。ありがとうございます」

瑞貴はテーブルの上に置かれたボトルを手にとり、本当は緊張で渇いていた喉《のど》を潤した。やっと人心地ついたような気がする。

気持ちも落ち着き、瑞貴は当初の目的を果たすため、早速、佐橋について雅弘に話し始めた。

「義兄さん、さっきの話ですが、本当に佐橋先輩を助ける方法はないんですか？」

「なんの話だ？」

雅弘がペリエを飲みながらとぼけて尋ねてきた。気を遣ってか、瑞貴と同じペリエを選んで飲む雅弘に、瑞貴は初めて好感を持つ。

「車の中での話です。義兄さん、言いましたよね？　佐橋先輩を助けると義父さんに迷惑がかかるって……。俺も義父さんに迷惑をかけたくない。だけど先輩は助けたいんです。多少のリスクは俺も負うつもりです。佐橋先輩、このままだったら本当にとんでもないことになりかねません」

「とんでもないことに、もう、なっているがな」

茶化したように雅弘が口を挟んでくるが、そんなのは無視だ。

「何かいい方法はないんですか？　俺、保証人になっても構わないと思ってます」

「莫迦か、赤の他人の保証人になるか、普通」

「先輩は信頼できます。それに奥さんや生まれてくる赤ちゃんだっている。先輩にもしものことがあったら、二人とも路頭に迷わないとならないんですよ？」

「あの男が生きていたって、女房も子供も路頭に迷うかもしれないがな」

また茶々を入れてくる。何が気に入らないのかわからないが、佐橋の話をすると機嫌が少し悪くなるような気がする。それとも、どんな人間に対しても、こんな態度で話すのだろうか。

「義兄さん、いちいち茶々を入れるの、ウザイです」

「え——ウ、ウザイ？」

雅弘の動きが一瞬止まる。そしてそのままショックを受けたかのように、がっくりと項《うな》垂《だ》れた。瑞貴も言いすぎたと思ったが、時、すでに遅しだ。

「に……義兄さん？」

下を向いたまま動かない雅弘に、思わず声をかける。すると地を這《は》うような声でぶつぶつと言葉が聞こえてきた。

「お、お前、簗木組の若頭に対してウザイとは、よく言ったな。そんなことを俺に言った奴は、かつて一人もいないぞ。まったく知らぬが仏というか……普通、ヤクザ相手にそんなことを言うか？」

「あ……あの、義兄さん相手に話すのを、ヤクザ相手とか、そんなふうには思っていませんし。いや、でも確かに義兄さんに対して、言葉が過ぎました」

瑞貴も慌てて弁解する。なぜか雅弘と喋っていて、あまりにも話しやすい感じがしてしまい、つい義兄でヤクザであることを忘れて、気安く悪い言葉を使ってしまったのだ。自分としたことが大失態だ。

すると、雅弘がわざとらしいほど大きな溜息をついて、諦めたように呟いてきた。

「まったく……これが義弟ってやつの特権か？」

「……そういうことにしておいてください」

すかさず瑞貴は頭を下げ、言葉を足した。じろりと睨まれはしたが、雅弘はそれ以上怒鳴ることはしなかった。

「義兄としては、可愛い義弟のためには一肌脱ぐことも厭《いと》わないってやつにならなきゃ、駄目ってことか。まったく義弟っていうポジションは楽でいいよな」

楽ばかりじゃない。義理の弟という立場はとっても複雑なんですと、言い返したかったが、さすがにそれは家庭不和に繋がりかねない発言だったので、瑞貴は胸の内だけに収めた。代わりに雅弘の立場を指摘してやる。

「そういう義兄さんだって、弟じゃないですか」

瑞貴の反論におや、という感じで双眸を細めてくる。

「ああ、確かに俺は弟という立場を利用して兄貴に面倒なことを全部押しつけちまってているからな。その分、お前を可愛がらないと駄目だよな」

しかし段々と話を聞いているうちに、なんとなく義兄の顔に不敵な笑みが浮かぶのを見逃すわけにはいかなかった。

「に……義兄さん？」

「お前、その佐橋とかいう男、どうしても助けたいのか？」

「はい？　あ、ええ」

人の悪い笑みを浮かべながら、そう言われると、頷くのが怖くなるが、ここは仕方ない。素直に肯定した。すると義兄の笑みが益々悪代官味を帯びる。

「お前に多少のリスクがあってもいいんだな？」

義兄の念押しに、どうしてか病気持ちの父親を持った村娘の気分になってくる。

「は……はい、構いません」

「ふん、そんなにしてまで、あの男を助けたいのかと思うと、許せないところもあるが、可愛いお前の頼みだ。聞かないわけにもいかないな」

「じゃあ、義兄さん、佐橋先輩を……」

言いかけた途端、義兄の声が遮ってきた。

「さっきも言っていたが、よくしてもらったんだってな？」

どうしてこんなに確認されるのかわからないが、とりあえず素直に答える。

「ええ……よくしてもらいました」

「で、何回、あいつとエッチした？」

はい？

「怒らないから言ってみろ」

はぁぁぁぁぁっ!?

とんでもないことを聞かれ、びっくりする。どこがどうなって、そんな話になるのか、まったく意味がわからない。

「エッチとか……そんなこと、先輩とするわけないじゃないですか！　義兄さん、何を莫迦なことを言っているんですか。いえ、それよりも日本語わかります？　いえ、そもそも小学校の国語の授業、絶対居眠りしていて受けていませんよね？　その理解力、問題ですよ！」

「お前……可愛い顔して、さりげなく失礼なことを言っているよな。それにお前の推察力はハズレだ。悪いが俺は成績優秀で、ハーバードを出ている」

は？

頭が一瞬真っ白になるが、すぐに意識が戻る。

「ハーバードっ！　それって、ハー鳥《バード》とか、鳥の一種じゃないですよね？」

鳥に詳しくないので、もしかしたらそんな鳥がいるかもしれない。

「失礼だぞ。アメリカ屈指の名門大学だっつぅの」

「……そうか、外国の大学は日本語関係ないですもんね」

「だから、お前は失礼すぎるだろ」

「義兄さんのほうが失礼です！　大体、先輩も俺も男ですよ！」

「男同士だからってのは、あんまり信憑《しんぴょう》性のない言い訳なんだけどな。ま、お前が言うなら信じられるか。ってことは、まだ手つかずか？」

「当たり前です。先輩とどうにかなるなんて、ありえません」

「ふぅん」

あまり信じていなさそうな雰囲気を醸しながら、いきなり雅弘が立ち上がった。そして瑞貴の隣までやってきて、いきなり覆い被さってくる。一体何が今から起きるのか見当がつかないうちに、唇を塞がれた。

「っ！」

手で押し退《の》けようとしても、両手を掴まれて思うように動かせない。そうしているうちに口内にするりと雅弘の舌が滑り込んできて、瑞貴の舌を絡め取った。

「んっ……」

二度目のキスは一度目よりも深く長かった。口腔《こうこう》をいたずらに愛撫《あいぶ》され、どうしてか触られてもいない下半身に熱が生まれる。

ど、どうなってるんだ——？

初めての経験に動揺していると、雅弘が瑞貴から唇を離した。

「お前……いっちょまえに色っぽい顔するんだな」

男の色香を振り撒く雅弘に顔を覗き込まれ、一瞬胸がドキッとした。そのため少し反応が遅れる。

「なっ……何をするんですか！」

頬が熱くなるのを感じずにはいられない。瑞貴は熱で痺《しび》れる唇を乱暴に手の甲で拭って、彼の熱を消し去ろうとした。一方、雅弘はまったく悪びれることもなく、堂々と瑞貴を正面から見つめてくる。

「何って……お前、佐橋という男のためなら多少のリスクは背負うんだろう？」

「それとこれとどう関係があるんですかっ！」

心臓が痛いほど大きく鼓動し、瑞貴を困惑させる。

「俺のポケットマネーから、佐橋の借金を一時的に立て替えてやろう。佐橋は俺に金を返せばいい。それなら奴が逃げない限り、無理な追い込みもかけない」

「義兄さんのポケットマネーから？」

「簗木組とは関係ないところから金を出せば、親父にも迷惑はかけないだろう？」

雅弘のポケットマネーがどれだけあるか知らないが、佐橋の借金の総額はわかっているはずだ。その額を支払えるだけの金があるからこその提案だ。

「そんなこと、できるんですか？」

「できるから、言うんだろうが」

雅弘が自信満々に告げてくる。だが、それがどうして瑞貴とのキスに繋がるのか、よくわからない。

瑞貴は眉間に皺を寄せた。すると雅弘が、まるで獲物を狙う獰猛《どうもう》な獣のように双眸をゆっくりと細める。

「まだあまり理解してないって顔だな」

瑞貴は素直に頷いた。何をどう理解すればいいのかもわからない。

「可愛い義弟のために、お義兄ちゃんが一肌脱いでやろうって言っているんだ。義弟はそんな義兄に対して、それこそ別の意味で一肌脱ぐのが普通だろう？」

別の意味って——？

嫌な予感しかしない。

「なあ、お前、俺のこと、好きだろう？」

「はあっ!?」

次から次へと繰り出される魔球サーブに、とてもではないが、ついていけない。

「初めて会ったときも、俺のことガン見してたしな」

「し、し、してません！」

見ていたかもしれないが、それはきっと初めて見るヤクザに驚いていたからだと思う。

確かに、少しはカッコイイとは思ったが、断じて恋心とかそういうものではない。

「それから俺を見るとき、いつも発情しているみたいに、瞳を潤ませるだろうが」

「潤ませてなんかいません！」

怯えて見上げていたのが、もしかしたら涙目だったかもしれない。しかし、それは大きな誤解だ。

「この間、キスしたときでも照れていたじゃないか」

「照れていません！」

照れているどころか、怒っていたのだ。それをどう勘違いして、そんなふうにとるのか理解しがたい。ツンデレキャラだとでも思われていたのだろうか。

「そんなに照れなくてもいいぞ。俺と二人しかいないんだ。こういうときくらい、素直になればいい」

「充分に素直です！」

どこまで冗談なのかわからない。だが彼の口車に乗ってはいけないことだけはわかった。身の危険をひしひしと感じる。

隙《すき》を見せないように雅弘に警戒していると、そんな瑞貴とは裏腹に、雅弘はゆったりとした口調で話しかけてきた。

「おいおい、あんまり否定すると、俺も『脅し』なんて、ヤボなことをしないといけなくなるだろうが」

笑顔でも言っていることが怖い。身の危険を感じつつも、失態を犯さないように、瑞貴は慎重に雅弘の出方を窺《うかが》った。

「お前の大事な大事な先輩を助けてほしかったら、その躰、寄越しな」

「なななな……何を言ってるんですかっ！」

「何って……とりあえず、脅しにかこつけた愛の告白ってところか？　お前に会ったときから、ガツンとここんとこにキたんだ」

『ここんとこ』と言いながら、一般的には話の流れ上、胸の辺りを指差すはずなのに、雅弘の指は股間を差していた。

「ななな……」

「この歳になって、一目惚れってやつかな。ま、一発ヤってみたいって俺のこいつが涎《よだれ》を垂らしてガンガンと訴えてきやがるんだよ。痛いのなんのって」

当たり前だが、とても愛の告白には聞こえない。この義兄に普通を求めるのは無駄だ。

「に、義兄さんは、男が好きなんですかっ？」

先日聞こうと思って聞けなかった疑問を、思い切って口にする。

「いや」

すぐさま否定されて、ホッとしたのも束《つか》の間、続く言葉で身も心も嵐に晒《さら》された。

「性別は限定してない。男でも女でも構わない」

果てしなく意識を遠くまで飛ばされたような錯覚に陥る。だがこんなことでノックアウトを食らっていては、本当に貞操が危ない。

「節操がないってことですか!?」

「……お前、よくもそうずけずけと物事を言うよな」

「義兄さんが、恐ろしいことを言うからじゃないですか。大体、ここで俺を押し倒したら、強姦《ごうかん》ですからね。強姦は最低ですよ、俺、死ぬまで恨みますからね」

「情熱的な告白だな。死ぬまで俺のことを想ってくれるのか？　ん？」

「どこがっ!!」

ありえないとばかりに大声を出した瑞貴だが、雅弘は真剣な顔をして話を続けた。

「大体、強姦じゃないだろ。ちゃんと順序踏んできてやってるじゃないか。合意だ」

「どこが順序を踏んできてるんですか？」

ぜひとも問いただしたい。

「まず、お茶と食事をしただろ？」

「お茶？　いつ、どこで」

まったく覚えがない。

「お前のお袋と会ったときだ。ホテルでランチしたじゃないか」

「そんなこと……」

開いた口が塞がらない。

「それから今もだが、この間もキスしただろ？　あとはセックスだけじゃないか」

「な……どういう思考回路しているんですか！　義兄さん、実は女性にもてないでしょう！」

「もてるに決まっているだろ。毎日女から上に乗ってくれるぞ」

「……ある意味、だからデリカシーがないのかもしれませんね」

「何？」

雅弘が片眉をぴくりと動かし睨んできたが、瑞貴も負けじと睨み返した。すると雅弘がふんぞり返って話し出す。

「食事してキス、最後にセックス。基本コースじゃないか」

「基本コースがあなたと俺じゃ違うんです」

「いちいち細かいな。お前、処女か？　って、男の経験なさそうだから処女か。いや、まさか童貞とか、恐ろしいことを言うんじゃないだろうな」

童貞の何が悪い！

母子家庭で母が懸命に働く中、勉強して、少しでもいい会社に就職しようとしていた瑞貴にとって、彼女とのデートは二の次だっただけだ。

「……いい加減にしてください」

「そうだな、言い合いはいい加減にして、お愉《たの》しみタイムとするか」

「なっ、そういう意味じゃなくて！」

どさっと音を立てて、大きなソファーの上に組み敷かれる。

「義兄さんっ！」

「腹を空《す》かせているライオンの前に、こんな可愛い躰を晒してうろうろしている兎《うさぎ》が悪い」

「うろうろなんてしてません。今日もここに義兄さんが勝手に連れてきたんでしょうが！」

「ま、そんな細かいことはどうでもいい」

どうでもよくない！

とにかく両手両足をばたつかせて抵抗をしてみた。すると雅弘はあっさりと瑞貴を手放した。そして大きな溜息をついた後、話を続けた。

「まったく、お前の佐橋という男に対しての想いはそんなもんだったのか？　多少のリスクは負うだの、保証人になるだの言っていたわりには、覚悟が足りないんじゃないか？」

「え……」

「奥さんと生まれてくる子供だったか？　まあ、夫がいなくてもどうにかなる時代だから、どうなっても構わないか。そりゃ、そうだ。あんな男のためにお前が躰を張ることもないか」

雅弘は急に興が削《そ》がれたように、瑞貴の上から退《ど》き始めた。

「躰を張る……」

そう言いかけて、瑞貴はハッとした。

……まさか義兄さんは俺がどれくらい先輩に対して本気で助けようとしているのかを試すために、セックスをするなんて難問を吹っかけてきたのだろうか？

瑞貴の脳裏にそんな思いが浮かぶ。

または逆に無理難題を吹っかけて佐橋を助けることを諦めさせるつもりだったのかもしれない。

しまった――。義兄さんの策略に乗せられるところだった！　ここはどんな難問でも立ち向かう姿勢を見せなきゃいけないのに！

瑞貴は慌てて、瑞貴の上から去ろうとしていた雅弘に声をかけた。

「そんなに言うなら、俺だって男です。その勝負受けてたちます」

自分でも意味のわからないことを口走っている自覚は充分ある。何が勝負なのか、自分でも突っ込みたくなるが、心意気だけはここで見せておきたい。

瑞貴が雅弘を睨み上げていると、一旦去ろうとしていた雅弘の動きが止まった。そして、すぐに人の食えない笑みを零《こぼ》した。

「さすがは義理とはいえ、俺の弟だな。男前だぜ」

彼の意味ありげな笑顔で、なんとなく自分が大きな間違いを犯したことに瑞貴は気づいた。どうやら瑞貴の本気を試したり、諦めさせようとする考えは、彼には一切なかったらしい。いや、もしかして瑞貴を騙《だま》そうとして、そういうニュアンスを含めただけなのかもしれない。

「あっ……前言撤か……い」

訂正の言葉を口にするやいなや、いきなり四肢をソファーの上に押しつけられる。まるで猛獣に圧しかかられ、今にも喉笛を噛《か》み切られそうな恐怖と緊張感が瑞貴を襲う。

「瑞貴、男に二言はないよなぁ」

「に、義兄……さん」

瑞貴の喉が人知れずゴクリと音を立てる。少しでも動いたら食われそうだ。

「じゃあ、早速、お前の言う勝負とやらをしてみようか。どっちが先に相手を天国に連れていけるかな」

「なっ……」

雅弘の指が瑞貴のシャツのボタンをゆっくりと外し出す。

「何をするんですかっ！」

「お前から勝負を挑んできたんだぞ。敵前逃亡だけはすんなよな。男の恥だぞ」

「そんなっ」

どうしたらいい？

焦れば焦るほど、いい考えが思い浮かばない。ここはいっそのこと男のプライドうんぬんよりも逃げるが勝ちのような気がする。だが、そんなことを考える瑞貴の頭の中に、昼休みに会った必死な佐橋の顔が声とともに浮かんできた。

『……頼むっ。助けてくれ、瑞貴』

先輩――。

とても先輩を裏切ることなどできない。高校時代はもちろんだが、今に至るまでいろいろと面倒をみてもらっているし、何しろ所属していた部活、剣道は武道だ。礼儀作法はもちろん、日本文化の美徳が集約されているスポーツである。

世話になった先輩を見捨てるような卑怯《ひきょう》な行為はそのスポーツ精神に反する。己を犠牲にしてでも同胞を助けることが美徳とされているし、佐橋もそれを実践していた尊敬できる人間でもあった。

そんな彼を瑞貴が見捨てられるわけもない。

ぐっと腹に力を入れる。義兄も今さら瑞貴を放してくれるとも思えなかった。

くそっ……なるようになれ！

男同士のセックスはよくは知らないが、肌を見せてキスされるのか触られるのか、そんなことを我慢すれば、佐橋の状況が格段と良くなるのなら、それこそ本当に一肌脱ぐべきなのだ。

「ちょ、ちょっとだけですからね！」

とうとう瑞貴は決心して、そんなことを口にしてしまった。途端、目の前の野獣はニヤリと口許《くちもと》を歪《ゆが》めた。

「俺は早漏じゃねぇから、ちょっとだけでは済まないかもな」

「な……」

本気でどうにかされるとは思わないが、それでも彼の牡《おす》特有のフェロモンに対して恐怖に似た感情が生まれる。本能で自分より強い牡だと嗅《か》ぎ分けてしまったのかもしれない。

危険信号が瑞貴の頭の中で点滅を始める。

一方、雅弘はジャケットを脱ぐと自分のネクタイをするりと外す。シャツの上からでもわかるしっかり引き締まった体格のいい姿が瑞貴の目の前に晒された。

「ま、あまり茶化してばかりじゃ可哀想《かわいそう》だから本音を言うが、本当はお前を初めて見たときから、好みだなって思っていた」

「え？」

雅弘の真剣味を帯びた瞳とかち合う。

いきなりそんなことを言われ、瑞貴の心臓がドキンと高鳴った。同時に頬が熱を持ち、おかしな気分になってくるのを否めない。

何、ドキドキしてるんだ、俺っ！

無駄に顔のいい義兄に押されて、わけがわからないうちにこんな状況になり、精神も正常ではなくなっているに違いない。

そうだ。それしかない！

自分の考えに納得していると、雅弘の声が耳に届く。

「ほら、お前も脱げ。それとも俺に脱がされたいのか？　まあ、俺は一枚ずつエロく服を脱がせるプレイも好きだから、どっちでもいいぞ。特に男相手だとブリーフがじわりと湿って濡れる具合がなかなかいいんだ。ちょっと透けたりしてな」

雅弘はスケベ親父のようなことを言いつつも、瑞貴の答えを聞く間もなく、瑞貴のシャツの前のボタンを全部外し、シャツをスラックスから引き抜いた。あまりの手際よさに恐ろしくなり、瑞貴は思わず後ずさった。

「じ、自分で脱ぎます！」

まだ外されていないシャツの袖口のボタンを瑞貴は自ら外し始めた。

緊張からか、手が震えて上手くボタンが外せない。あたふたしていると、瑞貴の手の上から雅弘の手が被さり、袖口のボタンをそっと外してくれた。言葉とは裏腹に、意外と優しい彼にどぎまぎする。

「あ、あの、自分でやりますから」

「それもいいが、俺を焦らすと、後で泣くのはお前だぞ。初心者なら初心者らしくししとけ」

　泣くって……。

　何をされるのかはっきりわからないのもあり、恐怖がどっと湧き起こる。

　いやいや、いくらなんでも義兄弟だし。酷《ひど》いことをされるわけないよな。それに男同士だし。感じるわけがないから、即物的に決まっている。

「何をぼっとしている？　俺の顔に見惚《みと》れたか？」

「えっ？」

　気づけば上半身をすべて脱がされていた。

「な、いつの間にっ」

「フン、ぼぉっとしてんじゃないぞ。俺じゃなかったら、あっという間に輪姦《まわ》されているところだぞ」

　輪姦されるっ？　何が、どこでっ、どうやってっ？

　瑞貴の脳内は突っ込みの嵐だ。

「ったく、どこまで箱入りぼっちゃんなんだ。俺もヤキが回ったな。こんなぼっちゃんに振り回されるなんて」

「振り回してなんていません。どちらかというと、義兄さんが俺を振り回しているんでしょう」

「ま、お前は自分のことに疎いからな。そんなふうに思っているなら、そういうことにしとくか」

彼のこちらに向けられる視線が痛くて、もう逃げ場がないと思い知らされる。

鎖骨から胸、そして腰のラインまで雅弘の目に晒され、羞恥《しゅうち》で躰の芯《しん》がむずむずしてくる。身を捩《よじ》ると、雅弘は双眸をわずかに細めた。

「……細いな。抱いたら壊れそうだ」

「そう思うのだったらやめてください」

「思うだけだ。実際壊れるなんてこと、ないから、大丈夫だ」

雅弘の指が瑞貴の鎖骨を滑り、胸へと移る。乳首の辺りを丹念になぞられたが、別にこれといって、快感を覚えたりはしない。当たり前だ。女じゃないからそんなところが感じるわけはない。だが、それでも雅弘は丹念に瑞貴の乳首を弄《いじ》ってきた。

「お前、男は初めてだよな？」

「当然のことを聞かないでください」

「当然か……。なら、お前は俺に抱かれる運命だったってことか」

「勝手に運命にしないでください。ちょっとしたアクシデントです」

こんなことを大袈裟《おおげさ》に運命だとか言われたら大変だ。大体、『君の将来は実は男に抱かれる運命でした』なんて、そんな悲しいこと、瑞貴としては絶対受け入れたくない。

「ちょっとしたアクシデントか。それもまたそそる言葉だな。恋にはアクシデントがつきものだしな」

「恋って……うっ」

なぜかいきなり、今まで何も感じなかった乳首から、下半身にダイレクトに伝わる快感が生まれた。瑞貴は呻《うめ》き声とともに、表情を歪めた。

「やっと感じてきたか？」

「なっ……」

一度感じ始めると、次から次へとぞくぞくとした痺れが胸から下半身へと伝わってきた。いきなり快感が躰の底から湧き上がってきたようだ。

信じられない感覚に動揺していると、雅弘の手が、すかさず瑞貴のスラックスの前から下半身へと忍び込んできた。わっ、と声が出そうになった瞬間、義兄の手が急に止まった。

思わず瑞貴の口から安堵《あんど》の溜息が出た。

「はぁ……」

やっぱり冗談で、ここでやめてくれるのかな……。

祈るような思いで、義兄を見上げたときだった。彼の口許が「への字」になったのが目に入った。

「義兄……さん？」

「……お前なぁ、もっと色っぽい下着、穿《は》いとけよ」

「え……」

見れば、たまたま今日は、友達と卒業旅行で出かけた先で買った土産《みやげ》用パンツで、白地にカラフルな『ゆるキャラ』が模様のように描かれたものを穿いていた。

「わっ、こ、これは……っ！」

「ったく、いろいろと予想を裏切る奴だな」

そう言いながらも、雅弘が下着の上から敏感な場所をやんわりと握ってきた。

「あっ……ん」

「パンツは不合格だが、声は色っぽいな。ま、合格か」

「色っぽくなんか……あっ……」

自分でも恐ろしくなるような甘い声が出てしまって驚く。そして同時に怖くなった。

こんなことで感じるなんて――おかしい。

もしかしたら今から雅弘としようとしていることは、瑞貴の常識を根本から変えてしまうかもしれない。

どうしよう……やっぱり、怖い。

「義兄さん、やっぱり、俺っ……」

「できないってか？　残念だが、今さら遅い。ここまできたらやめられねぇってぇの」

彼は喉を鳴らして低く笑った。

「そんな……っ」

言葉を続けようと顔を上げた途端、首筋に歯を立てられる。さらに彼の巧みな指が瑞貴の下に入り込み、直に下半身を握ったかと思うと強弱をつけて扱《しご》いてきた。

「あっ……あ……やめっ！」

抵抗しようにも、まだあまり経験が豊富ではない瑞貴にとって、義兄から与えられる快感は、簡単には抗《あらが》えないものだった。すぐに息が上がる。

大体、体格からして違う。ジムか何かで鍛えているのだろう雅弘の躰と、瑞貴の細身の躰では、どう見ても瑞貴のほうが不利だ。雅弘に覆い被さられると、彼の下にすっぽりと埋もれてしまうのだから、抵抗のしようがない。

「放せっ……」

腹を括《くく》ったつもりだったが、実際、こんなふうに感じてしまったら、とてもではないが、これ以上先に進む勇気はなかった。きっと躰が作り替えられて、おかしくなってしまう。

「商売のお姉さま方にはない初々しさだよな。いつもなら黙っていても、嵌《は》める準備をあっちがしてくれるっていうのに」

ふ、ふしだらなっ！

大学を卒業して、まだ社会人になって数ヶ月の瑞貴には、到底まだ経験したことのない世界の話だ。

　義兄のその容姿は、確かに女性を惹《ひ》きつけるには上等な部類であるし、ヤクザという肩書きにステイタスみたいなものを感じる女性もいるだろうから、彼がベッドの相手に不自由していないのは、見ただけでわかる。

　若頭という地位に、こんな高級そうなマンション。女性によったら、玉の輿《こし》だとばかりに、この男を狙う輩もいるかもしれない。

　そんな女性たちにちやほやされて、下半身の世話までしてもらい、なんの不自由もしてなさそうな義兄は、世の童貞男の敵だ。敵以外の何ものでもない。

「さてと、処女をありがたくいただくか」

「処女って言うな……わっ」

　もたもたしているうちに、スラックスを下着と一緒に、するりと膝《ひざ》辺りまで脱がされてしまった。お陰でスラックスが瑞貴の足を拘束し、動けなくなってしまう。

「さっきみたいに、もっと色っぽい声出せよ」

「何をっ……」

　雅弘の指が、瑞貴の剝《む》き出しの腿を這い上がってくる。指先が触れるたびに湧き起こる痺れのような感覚に目を瞑って耐えていると、思いも寄らない場所で指が止まった。

「勃《た》ってるぞ」

「う……そ」

「勃ってるもんは勃ってる。嘘も糞《くそ》もない」

信じられないのと、その様子を見たくないのもあって、自分の下半身から目を逸らしていると、雅弘がきつく瑞貴の劣情を指で締めつけた。刹那《せつな》、痛みが走る。

「くっ……」

「おい、人の話は目を見て聞けって小学校の先生に習わなかったか？」

黙っていると、雅弘が瑞貴の先端をゆっくりと指の腹で弄り始めた。覚えのある痺れがズクンと瑞貴の下半身を襲う。

「ああっ……」

歯を食い縛って嬌声《きょうせい》が出ないようにしても、唇から零れ落ちてしまう。

「本当に可愛い声で啼《な》くよな。初めて見たときから目が離せなかったが、こうやって肌に触れると、益々お前に惹かれる。まったく、お前はどうしてどこもかしこも俺の好みなんだ？」

「そんなの……知らない……っ……ぅ……あぁぁぁ……」

掠《かす》れる声で反論しても、威力などまったくない。一度躰に快感の焔《ほのお》が灯《とも》ると、自分でもどうしようもないほど感じ、威勢を張る余裕もあまりなかった。

湧き起こる激しい情欲に、どうしていいかわからなくなってくる。自分の意思ではコントロールができなかった。

　雅弘の指が下半身を扱くたびに、グチュグチュと湿った音がする。自分の下半身が頭を擡《もた》げ、雫《しずく》を垂らし始めているのを知らずにはいられない。

「あっ……」

「一回、先に達《い》っておくか？　我慢は躰に悪いからな」

　揶揄《やゆ》されるように言われ、瑞貴は全身を真っ赤にさせた。

「や……めてください……」

「やめてほしくないくせに嘘を言うな。同じ男同士だ。ここで放っておかれるのが、どんなに辛《つら》いか、わかっている」

　彼の爪《つめ》が瑞貴の先端の鈴口に立てられる。

「あっ……」

　今まで感じたこともないような壮絶な快感が瑞貴を襲ってきた。

「はああっ……」

「もっといい声で啼いてみせろよ」

「い……やっ……」

　絶対声を出すものかと、歯を食い縛ったにもかかわらず、下半身の先端を爪でぐりぐりと抉《えぐ》られた途端、声を上げてしまう。

「あああっ……」

背筋を電流が駆け上るような快感に、意識が飛びそうになった。淫猥《いんわい》な熱が渦を巻き、瑞貴を責め始める。その責めに耐えられず、瑞貴は呆気《あっけ》なく己の熱を吐き出した。

ねっとりとした大量の白濁した体液で自分の腹と義兄のシャツを濡らす。

「はあ、はあ、はあ……」

胸が苦しくて、呼吸さえままならない。そんな中、中途半端に脱がされていた下着とスラックスを器用に足から抜かれる。

すでに抵抗する気力もなく、されるがままになるしかなかった。

「可愛いな。義弟なのがもったいないくらいだ。いや、義弟だからいろいろと便宜が図れるのか」

雅弘はそんな独り言を呟き、再び雅弘の上に覆い被さってきた。

「え……もう終わったんじゃ」

裸になって触られたし、まさか吐精させられるとは思っていなかったが、すべて義兄の望みは叶《かな》えたはずだ。早く佐橋に金を貸す手筈《てはず》を整えてほしい。

「何を言っている。まだ終わるどころか、始まってもいないぞ」

「え？」

始まっても、いない？

なら、瑞貴が今、されたこの惨劇はなんだと言うのだ。まさか彼もここまでやって、知らぬ存ぜぬで通せるとは思ってもいないだろう。

瑞貴がきょとんとしていると、雅弘が苦笑した。

「まだ俺が挿《い》れてないだろうが。自分だけ気持ちよくなって終わりだなんて、お前はどこのお姫様だ」

挿れる？

何をどこに？

…………。

思考回路停止。緊急事態発生。

「ちょっ、ちょっと待ってください！　あなたは何を考えているんですかっ！」

一瞬にして恐ろしい答えが瑞貴の脳裏にどっと押し寄せてきた。

「何って……こんな状況で考えることは一つだろ。俺の暴れ馬をお前の中に挿れてやらないと、終わらないんだよ」

「あ、暴れ馬ってなんですかっ！」

そんな趣味の悪い古臭いたとえで言われても、状況はまったく変わらない。要するにこの男は自分のアレを瑞貴に挿入しようと無謀なことを考えているのだ。

「無理だから。ぜ～ったい、無理だから！　義兄さん、俺、素人だし、そういうことはプロにやってもらってください」

「プロには飽きた」

真顔で言われ、さらに恐怖が増す。

「ひっ」

まるでじりじりと獲物を追い詰めるように、雅弘が瑞貴に迫ってくる。ソファーの隅まで腰をずらして逃げてはみるが、アームに邪魔をされ、それ以上は後ろへは動けない。

瑞貴の放ったモノで濡れた雅弘の指が、瑞貴の脇腹《わきばら》を擦《こす》り上げてきた。じんわりと淫蕩《いんとう》な罠《わな》が躰に仕掛けられたような気持ちになる。雅弘に襲われた途端、その罠は瑞貴の理性を食い散らかすのだ。

「初めてだから、優しくしてやる……」

そう言って、雅弘は瑞貴の耳元に唇を寄せると、そっと囁いた。

「……何度もしたいと思ってもらわないといけないしな」

耳朶《みみたぶ》をぺろりと舐められ、瑞貴の躰がぴくりと反応する。それと同時に雅弘は瑞貴の両膝を裏から摑み上げ、一気に左右に開いた。

「なっ……」

これ以上ないと思われるくらい両足を左右に開かれ、自分の急所を雅弘の前に晒す。あまりの羞恥に、慌てて膝を閉じようとしたが、雅弘は初めからその行動を予測していたようで、瑞貴の膝が閉じられないように自分の腰を進め、押さえ込んできた。焦る。

「に、義兄さん！」

「こんなときに、にいさん、なんて呼ばれると、ちょっと背徳的で、結構クるな」

「な……変態っ」

「変態で結構。お前の可愛い尻を愛《め》でられるなら、あえて汚名を着てやるさ」

雅弘が瑞貴の精液で濡れた指を、臀部《でんぶ》に這わせたかと思うと、いきなりズクッという感覚が瑞貴の下肢から生まれた。雅弘の指があらぬ場所へと挿入されたのだ。

「なっ……！」

浣腸《かんちょう》さえほとんどしたことのない瑞貴にとって、異物の挿入は人の指であろうが初体験だ。

どうしてこんなことになってしまったのか、もう一度考え直したいのに、そんな余裕さえも吹っ飛ぶ。

「ここを柔らかくしないと、辛いからな」

あまりにもかけ離れた世界に身を置いてしまったせいか、瑞貴はしばらく言葉を失ってしまった。義兄の言葉も理解できない、いやしたくない。

雅弘はぐちゅぐちゅと後ろに指を抽挿させながら、顔を瑞貴の股間に近づける。そして瑞貴を上目遣いで見つめてきたかと思うと、挑発するかのように、瑞貴の下半身の裏筋を舐《な》め上げる様子を見せつけ、そのまま亀頭を長い舌で包み込んだ。

「な……はぁぁ……っ……」

抗議しようとした声は嬌声に変わり、快感で頭が痺れてくる。

ヤバイっ！

ぞくぞくとした痺れが瑞貴の脊髄《せきずい》を犯す。弾力のある湿った舌が、丁寧に瑞貴の欲望を舐め回す。次第に舌の動きに淫《みだ》らさが増す。そしてそれと同時に、瑞貴の後ろの蕾《つぼみ》に挿入されていた指の動きも激しくなってきた。

「やっ……義兄さん、指、抜いてっ……抜いて……あぁ……」

「いい子だから今は我慢しろ、後でいい思いをさせてやる」

そう言って彼は瑞貴の中に挿入する指の数を増やした。

「はあぁぁぁ……あぁぁぁっ……」

いきなり、身が竦むほどの喜悦が瑞貴を襲ってきた。快感で咽《むせ》び泣く。

「な……なに……これっ……やっ……はあっ……ああっ……」

内壁が指で押し広げられる感覚に、認めたくないが射精したくてたまらなくなる。指で中を擦られるたびに、どうしようもない淫らな熱が躰中に広がった。焦れるような痺れが躰の芯に籠《こ》もり、瑞貴を翻弄《ほんろう》させた。

さらに雅弘が信じられない行為をしてきた。指で目いっぱい押し広げられた蕾に、舌を滑り込ませてきたのだ。

「や……いやっ……はあっ……そんなとこ……舌、挿れる……なぁ……っ……あぁっ……」

蕾の縁を突くようにして舌が這う。ちろちろと舌が蕾の出入り口を何度も行き来し、丹念に瑞貴のそこを舐め解《ほぐ》した。

「ああっ……もう、やめ……い……っ」

「素直になれ、お前のここは俺を欲しがってるぞ。ひくひくと悦《よろこ》んでいる」

「そんなっ……嘘っ……あぁぁっ……」

指が、ある一点を通り過ぎた刹那、鳥肌が立つほどの愉悦が生まれ、瑞貴の意識を飲み込みそうになった。

な……何、これっ！

突然湧き起こった快感に、わけもわからず固まっていると、雅弘が耳朶《じだ》を嚙むようにして耳元に囁いてきた。

「わかったか？　そこが、お前のいいところだ。そこに俺を擦りつけることを覚えれば、最高にいい思いができる」

「なっ……」

こ、擦りつける!?

何がナニを擦りつけるのか、考えただけでパニックに陥りそうになる。

今の言葉で、義兄が本当に男同士でセックスをする気であることを改めて感じさせられた。

「力を抜いてろ。これ以上ないというくらい気持ちよくしてやる」

「え？」

指を引き抜かれ、瑞貴が安堵の溜息をつく暇もなく、いきなり熱い楔《くさび》に貫かれる。雅弘が己を突き立ててきたのだ。

「や……あぁぁぁぁぁっ……」

身が引き裂かれるような激痛が襲う。今まで指を咥《くわ》えていたそこは、指とは比べものにならないほど大きな雅弘を咥えたことにより、さらに大きく広げられた。

「痛っ……」

疼《うず》くような熱が瑞貴の中に食い込んでくる。まるで灼熱《しゃくねつ》の楔を打ち込まれたみたいに、内壁がジュッと音を立てて焼かれるような錯覚を覚える。

彼の侵入を食い止めようと、瑞貴の内壁が本能的にきつく収縮するが、彼の勢いのほうが強く、強引に押し拓《ひら》かれていく。

本来そんなものを受け入れられるはずのない狭い場所が悲鳴を上げた。

「ああっ……」

「もっと緩めろ、瑞貴」

軽く臀部を叩かれる。

「そんなこと、でき……ないっ……」

そう答えるやいなや、雅弘の手が萎《な》えていた瑞貴の下半身を掴み上げ、ゆっくりと扱き始めた。

「ああっ……」

再び瑞貴の下半身に淫蕩な痺れが蘇《よみがえ》ってくる。雅弘の男性の性器の扱い方が手慣れているせいか、すぐに瑞貴は追い詰められた。

「うっ……はあっ……もう……達く……っ」

「駄目だ。さっき達ったばかりだろう。今度は俺と一緒に達け」

義兄の瑞貴を扱く指先に力が入る。吐精を堰《せ》き止められた恐怖は一層、瑞貴の射精感を募らせた。

「で、出る……や……離してっ……」

抗議の声を掻《か》き消すように男の腰が激しく臀部に打ちつけられる。

あ……達きたい。

その言葉で思考がいっぱいになる。それ以外のことは何も考えられなかった。

奥まで穿《うが》たれた彼を味わうように締めつけると、見計らったように絶妙なタイミングで抽挿を繰り返される。壮絶な快感に身も心も支配されながら声を上げ、再び甘い痺れに震えた内壁を力強く擦り上げられた。

「あ、あ、あ、あ……」

喘《あえ》ぐ声が単調なリズムを刻み始める。

「上手だ、瑞貴」

首筋に彼の温かく湿った息がかかった。それにさえも感じて、びくびくと躰が痙攣《けいれん》する。

雅弘の指が瑞貴の反り返る下半身をさらにきつく結んできた。今にも溢れ出さんばかりの熱が堰き止められ、瑞貴は涙に咽ぶ。

「やっ……あ、義兄さんっ……」

他人に射精をコントロールされる恐怖に身が竦むと同時に、腹の底から淫猥な快楽が膨れ上がる。

瑞貴はきつく目を閉じた。

達きたくてたまらなかった。下半身はすでにじんじんと熱く痺れており、早く熱を外に出さないと狂ってしまいそうだ。

「義兄さん、義兄さん……義兄さんっ……あぁぁ……」

彼に嵌められたまま、躰ごと揺さぶられる。躰の芯から湧き起こる快感は、理性ではどうにもならなかった。ただ、達きたいという思いが恥も外聞もなく口から零れ落ちる。

「義兄さん……もうっ……達きた……い……っ」

涙が溢れ、もうどうにも熱を鎮めることができなかった。

「俺も達く」

「あっ……」

瑞貴の下半身を縛《いまし》めていた雅弘の指が離れた。

「ああっ……義兄さんっ……あああぁぁぁぁぁぁぁっ――」

途端、堰き止められていた熱が一気に溢れ返った。自分の腹の上に瑞貴はまた、精液を大量に振り撒いていた。

「っ……」

だが、すべてを吐き出したにもかかわらず、下半身が甘く淫靡《いんび》に疼く。吐精だけでは飽き足らず、未だ自分の中にいる義兄を貪欲《どんよく》に味わおうと内膜がぞくりと蠢《うごめ》くのがわかった。

本能でこの男を貪《むさぼ》ろうとする瑞貴がいた。自分が食べられているのではなく、自分が相手を食べているような感覚。

義兄さん――。

「くっ……」

義兄の低く甘く濡れた呻き声が耳元に落ちてくる。途端、彼が指についた精液を、瑞貴の腹に塗りこめるようにして撫でながら、腰の動きを一段と激しくした。

「あぁっ……」

下腹部を押さえられることによって、よりリアルに雅弘を感じてしまう。彼の劣情が瑞貴の躰を犯しているのを実感する。

義兄さんのものが……俺の中にっ……。

「はっ、瑞貴、余裕だな」

雅弘が整った唇をぺろりと舐め上げ、瑞貴の腰を強引に引き寄せる。さらに最奥へと欲望が捻《ね》じ込まれた。

「あっ……あああっ……」

どこまでも奥へと入り込んでくる熱い屹立《きつりつ》に、瑞貴は眩暈《めまい》を覚えた。

「あああっ……はあっ……もう……だめっ……だ」

意識が朦朧《もうろう》とし始めた頃、三度目の絶頂を迎えながら、瑞貴は躰の奥で熱い飛沫《ひまつ》が弾け飛ぶのを感じた。雅弘もやっと瑞貴の中で達ったのだ。

温かい……。

彼の熱に包まれながら、瑞貴はどうしてか安らぎを覚える。自分を強姦したような男にそんな思いはおかしいのに、だ。

いや、強姦ではないかもしれない。こんなにしっかりと抱かれるとは思っていなかったが、実際誘ったのは瑞貴だ。そんなふうに仕向けられたとしても、まな板の鯉《こい》的気分で、彼を挑発したのも確かだ。

怒りが込み上げてくるが、それは義兄に対してと、自分に対してだ。

莫迦なことをした……。

男に抱かれたことにショックは隠しきれない。しかしこれで佐橋を助けることができることも事実だ。

「どうだ？　初めての男はよかったか？」

気分が落ち込んでいるときに、自分の上に乗っていた雅弘が余裕の笑みを浮かべて見つめてきた。

思わず睨んでしまう。

だが、ここで女性みたいに騒ぐのも癪《しゃく》に障る。この男の前で喚《わめ》くようなみっともないことは絶対したくない。それこそ瑞貴のプライドに賭《か》けて、この男の前に限っては、弱音を吐いたりしたくなかった。

瑞貴の変な意地だ。

「……重いです」

わりと平然とした声が出て、ホッとする。雅弘はおや？　といったような表情をし、面白そうな笑みを浮かべ、瑞貴の上から退いてくれた。

彼が退いたことにより、革張りのソファーが、淫らな液体で濡れているのが視界の端に入る。あまりの生々しさに瑞貴の思考が停止していると、呑気な声で雅弘が話しかけてきた。

「ソファーを替えないと駄目だな」

「っ……義兄さんが悪いんですからね」

「ああ、俺が悪いな。こんなところでサカっちまったし」

ニヤニヤと笑う顔が忌々しい。瑞貴はぷいっと横を向いた。こんなこと、この男にとっては日常茶飯事なのかもしれない。なおさら、動揺する姿など、義兄には見せたくないという男の矜持《きょうじ》がむくむくと瑞貴の胸中に湧き起こる。

「さて、忘れないうちに電話しておくか」

雅弘は床に脱ぎ捨ててあったジャケットを拾うと、内ポケットからスマホを取り出し、どこかへ連絡をし始めた。すぐに相手に繋がったようだ。雅弘が話し出す。

「ああ、俺だ。俺の口座から八千万円下ろしておけ。ああ、組の金から出すんじゃないぞ。それと、ついでに部屋のソファーを取り替える。同じやつでいいから、そっちの手配もやっといてくれ」

は……八千万円っ⁉

初めて耳にした金額に瑞貴は仰《の》け反《ぞ》りそうになった。まさか佐橋がそんなに借金を抱えているとは思ってもいなかった。

瑞貴はスマホで話をする雅弘をまじまじと見てしまった。

八千万円をポケットマネーでポンと出す男を、どう扱うべきか。

お……俺の躰、八千万円の価値あったのか？

さらに、そんなどうでもいいことにも悩む。

内心ではあたふたしている瑞貴と、電話を終えた雅弘の視線がかち合う。

「ソファー、取り替えるぞ」

どうでもいいほうを先に告げてくる義兄に、瑞貴は黙って睨むしかなかった。

「なんだ、誘ってるのか？　お前も相当好き者だよな」

「誘ってなんかいません！　それに好き者は俺じゃなくて義兄さんでしょう！」

「ああ、俺は好き者だ」

訂正することなく、堂々とそう告げる男に頭痛を覚える。

「佐橋の借金はこれで返済できるだろう。俺への返済は追々決めればいい。あとは松田組だな。組員が誰かを調べて、話をつけさせせんとあかんな」

「仲裁に入ってくれるんですか？」

「フン、情人《イロ》の願いごとを聞いてやるくらいの甲斐性《かいしょう》はあるつもりだぞ」

「イロ⁉」

聞きなれない単語だが、仮にも半年近くヤクザの家族をやってきたのだ。イロというのがいわゆる愛人を指す言葉であることくらい学習していた。

「どうして俺がイロなんですかっ」

「お前、愛してもいないのに、男と寝るような淫乱《いんらん》ちゃんなのかよ。俺はてっきり、俺のことを愛してくれているから躰を捧げてくれたかと思ったぜ」

「はぁ!?」

あまりの急展開に素《す》っ頓狂《とんきょう》な声が出てしまった。

「なんだよ、そんなに目を大きく見開いて。俺と寝られたことがそんなに嬉しいか？　ん？　今からでも、もっと奥まで激しく突いてやろうか？」

「嬉しいなんてこと、絶対ありえませんし、二度とこんなこともしません！」

瑞貴は唸《うな》りながらも、己の心を落ち着かせた。

どうして俺が義兄を愛していることになるんだ？

いくら考えても納得がいかない。しかし好きでもない男と寝られる節操なしとも思われたくなかった。

答えられないように仕組まれていた気がしてならない。

愛しているうんぬんに対しては、言い返すこともできずに、瑞貴が言葉を詰まらせていると、雅弘はさらに話を続けた。

「大体、俺がどうして返す当てもないような金を貸さないとならないんだ？　どう考えても俺のリスクが高いだろうが」

雅弘はそんなことを言いながら、瑞貴の腕を摑む。なんとなく嫌な予感を抱きつつ、瑞貴は反論した。

「文句を言っても、義兄さんのことだから、どんなにリスクがあろうが、きっちり返してもらうんでしょう」

「まあな、確かに。だがあまり旨味《うまみ》もない話にボランティア精神で金を貸すんだ。お前は俺にもっと感謝して、それこそ出血大サービスをするくらいの気構えがないと駄目だな」

「しゅ、出血大サービス？　え……わっ」

ドサッと大きな音を立てて、ソファーから落ちる。原因は雅弘が腕を引っ張ったからだ。

「義兄さん、何を……」

「だから出血大サービスだろ。お前、まさか自分の躰一回分で、八千万円の価値があるって、思ってないだろうな？」

「え？　わっ！」

抵抗する時間もなく、瑞貴は第二ラウンドへと引きずり込まれたのだった。

＊＊＊

んん……。

ボソボソと誰かの話す声で瑞貴は深い眠りから目を覚ました。

あれから義兄、雅弘に再びいいようにされ、そのまま眠りに就いてしまったらしい。

いつの間にかベッドに運ばれていた躰は、綺麗に拭《ふ》かれており、パジャマを着せられていた。パジャマは雅弘のものらしく、かなり大きくてぶかぶかだ。指先が袖口から見えない。

自分のサイズと合わないパジャマを見て、それを着る理由となった昨夜からの生々しい記憶が蘇る。

うわぁぁぁ……っ！

衝動的に頭を抱えた。

どうしよう……。男同士、しかも義理とはいえ、義兄弟でセ……セックスしてしまった！

ぐはっと布団を頭から被る。頭から被ってから、隣に雅弘がいるかもしれないと急に思い出し、恐る恐る布団の隙間から隣を見た。

いない……。

隣でたぶん寝ていたはずだろう雅弘の姿はなかった。

はぁ……。とりあえず、セーフ。

何がセーフかわからないが、雅弘がいなかったことにホッとした。目が覚めた途端、義兄の顔が目の前にあったら、きっと悲鳴か何かを上げてしまっただろう。

これ以上みっともない姿を義兄である雅弘に見せるわけにはいかない。

幸い、部屋には誰もいないので、瑞貴が起きたことに気づく人間はいなかった。

改めて瑞貴に『義兄と寝てしまった』という事実がズシンと重い空気となって圧しかかる。

義兄である雅弘はまったく大したことがないように振る舞っていたが、どう考えても異常だ。瑞貴の中では考えられない。

こんなことが母や義父に知られたらと考えるだけで心臓が止まりそうだ。

絶対にばれたら駄目だ。義兄さんとセックスしたなんて……。それに、もう二度とこんなことにならないようにしなくては——。

自分に言い聞かせ、頷くと、下半身のあらぬところに激痛が走った。途端、思い出したくないことが脳裏に浮かぶ。

義兄のアレ、暴れ馬だ。

あんな……あんなもの……挿れるなんて、信じられないっ！

本当に予想外だった。触り合いっこくらいのものだと思い込んでいた自分の迂闊《うかつ》さを呪《のろ》う。

それに、義兄に覚悟を試されているなんて、途中で誤解をしてしまい、結果的には自分から義兄を誘うという、とんでもない失態を犯したことも瑞貴の心を打ちのめす。

あああ……。

大学出たての、卵の殻のついたひよこ程度に、ヤクザの若頭など手に負えないに決まっている。気を抜いてはいけないのに、家族、義兄弟ということで、まんまと嵌められてしまった。

いや、たとえ義兄にそうなるように仕向けられたとしても、勢いに任せてこの愚行に手を染めたのは紛れもなく自分なので、義兄のせいばかりにできないのも悲しい事実であった。

忘れよう。そうだ、忘れよう！

そう思いつつも、躰の節々から訴えてくる鈍痛が、そうさせてはくれない。

枕元の時計を見ると早朝の四時だ。起きるには少し早い時間で、仕方なく瑞貴は二度寝を決め込む。

次に目が覚めたとき、全部夢だったら――。

神頼みに近い思いを抱きながら、ベッドに横になり、目を閉じた。瑞貴が今やれることは、仕事に支障が出ないように、極力躰を休め、体力を温存することだけだ。

『――』

早朝だというのに、また小声がドアの向こうから聞こえる。雅弘の声だ。どうやら誰かと電話で話をしているらしい。

瑞貴はそっと耳を澄ました。話を聞くつもりではなかったが、静かに目を閉じていると、聞こえてしまうのだ。

『――じゃあ、藤堂《とうどう》、お前が動くしかないだろう』

雅弘の声がまた聞こえてきた。

藤堂って誰だろう……。

何気なく聞こえた相手の名前に興味を持つ。

『親父には知られていないから、大丈夫だ。お前のほうこそいいのか？　松田組を裏切れるのか？　ああ、俺は大丈夫だ。覚悟はしているからな』

義父さんに知られていない？　裏切り？

ふと耳に入る物騒な言葉に、瑞貴は指先に力を入れてシーツを握りしめた。

『今からそっちへ行く。ああ、わかった。お前もくれぐれも莫迦やるなよ』

その声を合図に電話が切れたようだった。突然静かになる。すると、雅弘がこっちに戻ってくるような足音が響いた。瑞貴は慌てて寝たふりをする。

ガチャリ。

寝室のドアが開く音とともに、隣の部屋から明かりが漏れる。

瑞貴が微動だにせずにいると、雅弘は瑞貴がまだ寝ていると思ったようで、そのまま何も声をかけずにドアが閉められた。

ドアが閉まった途端、瑞貴の口許から安堵の溜息が漏れる。そのまま耳を澄ましていると、今度はどこかへ雅弘が出かける用意をしている気配がした。

電話で話していた通り、早朝だというのに、今から藤堂という男に会いに行くのだろう。藤堂。松田組の名前も出ていたところから、その関係者のような気がしてならない。

雅弘が外へと出かける雰囲気が伝わってくる。たぶん玄関まで行き、玄関の外に出ている男たちに声をかけているのだろう。ぼそぼそと声が寝室まで聞こえてきたが、内容までは聞きとれなかった。

なんだろう……。佐橋先輩のことで何かあったんだろうか。

布団に潜り込みながらも、瑞貴はどくどくと鼓動を大きくする心臓に手をやった。

もしそうなら、瑞貴にも声をかけてくれるはずだ。いや……もしかして瑞貴に知られたくないようなことを佐橋にしようとして、わざと内緒で出かけていったのかもしれない。

考えれば考えるほど、不安になっていく。

「先輩……」

後を追いかけたいが、外には他の組員が待機しているだろうし、何しろこの躰だ。普通に動くこともままならない。

「義兄さんは佐橋先輩の借金を肩代わりしてくれるって言ったんだ。信じなきゃ……」

瑞貴は自分にそう言い聞かせ、ベッドの中で息を潜めた。

＊＊＊

結局、あれから一睡もできず、瑞貴は着替えのために一旦家に戻って出社した。

幸い、母が夜勤で家を留守にしており、朝帰りを見咎《みとが》められることはなかったが、家で寝食を共にしている若い男たちからは、意味ありげな視線を送られ、身の置きどころに困った。

「坊ちゃん……朝帰りっスか」

最初は注意されるのかと思ったが、彼らの羨《うらや》ましそうな視線とぶつかり、どうやらそうではないことがわかる。安堵していると、そっと羨望《せんぼう》の溜息をつかれた。

「はぁ……やっぱり坊ちゃんみたいにイケメンだと、相手の女の子はなかなか放してくれないんっスかねぇ。俺なんか時間制だから、時間がくると請求書持ってこられるんっスよ。

もっと傍にいたいと追加料金くるし」

それは彼女とは言わないと思うが、デリケートな男心を無用に傷つけたくもなく、突っ込むのはやめておく。

「金の切れ目が縁の切れ目じゃないけど、領収書片手に笑顔で『ありがとうございます。また来てね～』なんて言われると、本音はちょっと空《むな》しくなりますよ」

「はぁ……」

「坊ちゃんの相手だったら、さぞかし可愛いんっスよね。胸なんてボンッってあるんっスか、やっぱり」

「あの、そういうのじゃないから……」

「またまたまたぁ～。石鹼《せっけん》の匂《にお》いさせて朝帰りしてたら、モロバレっスよ」

完全に誤解だ。確かに不本意にセックスしてしまったが……相手は女性じゃなく、男の上に義兄で、三十過ぎのオヤジだ。ボン・キュッ・バンにはほど遠く、どちらかというと、バン・ズクン・ギャア、だ。まったく夢もロマンもない。

「心配しなくてもいいっスよ、若頭もよく朝帰りなさるんで。あ、若頭の場合は、朝も帰ってこないことが多いっスから、誰も坊ちゃんを咎めたりはしませんって」

瑞貴のことを気遣って言ってくれているのだと思うが、かえって瑞貴の心を重くさせた。

やっぱり、あいつはそういう男なんだ。外にもいっぱい愛人を囲っているんだ……。

瑞貴のことを好みだのイロだの言っているが、雅弘の言葉を真に受けていては莫迦を見る。彼にとっては、セックスは挨拶代わりに過ぎないのかもしれない。あんな節操のない男のペースに巻き込まれたら駄目だ。あまり昨夜のことを深く考えてはいけない。

自分に言い聞かせる。

でも……。

彼の言動の中に、一つだけ瑞貴の心に引っかかるものがあった。

早朝の電話だ。

あの時、躰が動かなくても、無理にでも雅弘の後を追うべきだったと今さらながらに後悔する。

実は雅弘のマンションから家に戻る際、車の中で藤堂という男について尋ねたのだが、その正体がなんとも瑞貴の胸に黒い染みを落としていた。

藤堂――。

その名前は松田組の若頭のものだったのだ。若いがかなりのやり手で、簗木組としても一目置いているらしい。

そんな男と、どうして義兄の雅弘は連絡を取り合っていたのか。

松田組は現在、簗木組とあまり友好的ではない。同じ真正会のヤクザ同士なので、表立って喧嘩《けんか》はしていないと聞いている。だが、どちらとも目の上のたんこぶ的存在だと思っているのは間違いない。

その敵対する組の男と雅弘は早朝から連絡を取り合い、そして出かけるような何かがあったのだ。お互い組を代表する若頭同士だ。素人の瑞貴にだって、二人が揃《そろ》って出かけることが尋常ではないことくらいはわかる。

それに——、瑞貴の脳裏に義兄、雅弘の物騒な言葉も気にかかった。

『親父には知られていないから、大丈夫だ。お前のほうこそいいのか？　松田組を裏切るのか？』

裏切り——。

心を不用意にざわめかせる言葉だった。

佐橋先輩のことだろうか……やっぱり。

本当に雅弘は瑞貴の味方となって、佐橋を助けてくれるのだろうか。もしかして簗木組と松田組の取引に瑞貴もろとも利用されているんじゃないだろうか。

簗木組が松田組に佐橋を引き渡すことにより、何か有利なことがあるのかもしれない。

どうしよう、義兄さんに頼んだのは間違っていたかもしれない……。

途端、瑞貴の心臓が不安に苛《さいな》まれ、バクバクと爆《は》ぜ始める。

さらにもう一つ気になる言葉があるからだ。

親父には知られていないから、大丈夫だ、という台詞である。

いくら隠居したといっても、義父に内緒でしなければならないこととは一体なんなのか。

……やっぱり佐橋先輩の件だろうか。ポケットマネーといっても八千万円を貸すのを義父には知られなくないのかもしれない――。でも、そうじゃないような、もっと大変なことだったら……。

どちらにしても厄介なことだ。できれば首を突っ込みたくない。

だがどうしてか、義兄が簗木組を裏切っているような思いに駆られ、気になって仕方がない。

なぜそんな気がするのかわからない。ただ瑞貴の本能が心のどこかで何かを感じ取り、警鐘を鳴らしていた。

気のせいだ、きっと……。ヤクザというものを知らないから、悪いほう、悪いほうに考えてしまうだけだ。

瑞貴は己の胸に溢れてくる不安を無理やり消そうと努力したが、それは簡単には拭い切れず、どす黒い塊となって瑞貴の胸を押し潰《つぶ》す。

誰かに相談したいが、確証もないのに、こんなことを口にするのは憚《はばか》られる。

それに義兄がどんな人物かまだよくわからない。わからないから、何を考えているのかもはっきりしない。

そんな状態で瑞貴の勝手な思い込みを口にしたら、大勢の人に多大な迷惑をかけてしまうことになりかねない。

実はやっぱり瑞貴の思い過ごしで、なんでもなかったことを大事にしてしまう可能性だってある。いや、その可能性のほうが高いだろう。

「坊ちゃん、どうしたんっスか？」

いきなり黙ってしまった瑞貴を、青年が心配げに見つめてくる。

「ごめん、急な仕事を思い出してしまって、段取りを考えてた」

「サラリーマンも大変ッスね」

「ありがとう、じゃあ、着替えてくるから……」

適当なことを言って、着替えをするためにそそくさとその場を去った。

確か義父と母の結婚式の写真のアルバムが居間にあったはずだ。パソコンで見るのは面倒だからと、全部プリントアウトしたのだ。

母が組と人の名前を早く覚えられるようにと、写真ごとにいろいろ注釈を書いているのを、瑞貴は知っていた。

あれを見れば松田組の若頭、藤堂の顔がわかるかもしれない。同じ真正会なら結婚式に招待している可能性が高い。

瑞貴は部屋に戻る前に居間に寄って、棚に入っているアルバムを取り出した。

集合写真の他にテーブルごとの写真もあり、その下に名前や所属している組の名前が書いてある。

しばらくアルバムを捲《めく》っていると、瑞貴の指が止まった。

「あった……」

そこには松田組の組長と若頭、藤堂の名前が書かれてあった。

「この人が……」

思ったより若かった。それこそ義兄の雅弘と同じくらいの歳に見える。やはりとてもヤクザには見えない容姿で、エリートサラリーマン然として写っていた。

この人が、松田組の若頭、藤堂——。

瑞貴はその顔をしっかりと目に焼きつけた。

最近のヤクザの特徴なのか、まったく一般人と見分けがつかない。逆に身に着けているものがいいせいか、下手したらどこかのセレブのようにも見える。

確かに鬼瓦《おにがわら》のような顔をして頬に傷があるようなヤクザもいるにはいるが、この男を含め瑞貴の義兄たちのように、その姿だけでは判断できないヤクザもいる。

この世界にまったく無縁だった瑞貴にとって、何もかも既成概念に囚《とら》われていたこともあり、驚くことばかりだ。

昼休みに佐橋先輩に電話してみようか……。

佐橋の無事な声を聞けば、取り越し苦労だったと、少しは安心できるかもしれない。

瑞貴はやっと一つの答えを見つけ、アルバムを元あったところにしまい、自室に着替えに戻った。

しかし、着替えている最中にスマホがなくなっていることに気づいた。

「義兄さんのマンションに置いてきたかな……」

最後に自分のスマホを目にしたのは、義兄のマンションのリビングにあったソファーの上だ。

「う……あそこには行きたくないけど、スマホがないと困るしな。仕方ないけど、取りに戻ったほうがよさそうだよな」

瑞貴はがっくりと項垂れて、新しいネクタイを締め直したのだった。

＊＊＊

気が進まないが、佐橋に連絡をするためにも、どうしてもスマホが必要なのもあり、瑞貴は雅弘のマンションへ戻り、ドアの外に立っていた男に部屋の中からスマホを取ってきてもらった。

まだ雅弘は戻ってきていないようだ。たぶん一応会社の経営者なので、そのまま仕事に出かけていったのだろう。

瑞貴は不幸中の幸いとばかりに、雅弘に会わずに済み、ホッとしながら会社へと向かった。

遅刻しないように早めに家を出てきてはいるが、それでも道は渋滞して、のろのろ運転となる。

「前の車、どんくっせぇなぁ、どかしやすか？」

運転手が苛々《いらいら》しながら、そんなことを尋ねてくる。

「いいです。普通に……穏便に行ってください。どの車も急いでいると思うので」

本来なら苛々するのは、遅刻したら困る瑞貴のほうだが、周囲が苛々するものだから、つい冷静になって、彼らを制しながら会社へ行く羽目になる。血の気の多い男たちだ。一旦、喧嘩になれば、相手側どころか警察にも迷惑をかけそうで怖い。

はぁ、こんな車に乗っていたら、寿命が縮まるかも……。

人知れず溜息をつき、車窓を眺めていると、見覚えのある後ろ姿が目に入った。

「佐橋先輩⁉」

通勤の人で混雑している歩道を、人の波に揉まれながら佐橋が走っている。その後ろを数人の男が追っていた。

「停めてください！」

「無理です、坊ちゃん。ここで停めたら、後ろの車に何言われるかわかったもんじゃありません」

「この顔ぶれに、いちゃもんつける勇気がある人、いないですよ！」

後続の車の運転手が一旦は文句を言いに来るかもしれないが、車にいる瑞貴以外の三人の面子《メンツ》を見たら、そのまま回れ右をして逃げていくに決まっている。この車に限っては、絵に描いたようなヤクザ顔の男が三人きっちり乗っているのだ。

「とにかく、降ろしてください」

「いけません。予定外の行動は駄目だと、組長からもきつく言われております」

「そんな……」

そう言っているうちに佐橋の後ろ姿が人混みの中に消えていってしまった。

先輩――！

追っていた男たちも佐橋を見失ったようで、こっちに戻ってきたのが見える。男たちはシルバーメタリックの高級車の前で立ち止まり、何か話をしていた。すると後部座席から二人の男が出てくる。

っ――！

一人は雅弘だった。

「義兄さん！」

会社に行っているとばかり思っていた雅弘がこんなところにいるのに驚く。しかも尋常ではない様子に、瑞貴は慌てて隣に座っている加藤を振り返った。

「雅弘義兄さんがいます。降ろしてくれませんか？」

「申し訳ありませんが、自分は勝手に、坊ちゃんを送迎する任務を放り出すことはできません。坊ちゃんをきちんと会社に送り届けるようにきつく言い渡されておりますので」

きっぱりと断られる。

「そんな……だって！」

瑞貴は自分の乗っている車がゆっくりながらも前へ進んでいるため、景色とともに後方へと流れていってしまう雅弘の姿を追った。すると。

え――？

もう一人、車から出てきた男の顔がこちらを見る。

あれは――！

松田組の若頭、藤堂だ。先ほどアルバムで見たばかりだから間違いはない。

義兄さんとあの男、やっぱり一緒だったんだ……。

急に鼓動が速くなり、心臓が締めつけられたみたいに痛み出す。

隣にいる加藤は藤堂に気づいているのかいないのか、前をまっすぐ見ているだけだ。余計なことには口を挟まないというのだろうか。

一体、どういうことなんだ――？　なんで義兄さんたちは佐橋先輩を追っているんだ？

やはり瑞貴に黙って、佐橋を松田組との取引の何かで使うつもりだろうか。雅弘が藤堂と一緒にいるところを目にし、瑞貴の仮定が真実味を帯び、不安を覚える。

雅弘が義父や組に内緒で何かをやろうとしているような気がしてならない。それがいい方向であればいいが、一緒に動いている相手が敵対している組の若頭となると、あまりいい感じがしない。

それに加藤らの態度を見ていても、皆、簗木組というよりは若頭、雅弘に忠誠を誓い、味方しているようにも思える。

加藤たちも、瑞貴が何かに気づいて雅弘の邪魔をしないように、見張っているのかもしれない。疑えば疑うほど、何もかもが怪しくなってくる。

誰が敵なのかわからない。

自分はとても危うい立場にいることを、瑞貴は今さらながらに実感した。

簗木家は仲のいい家族に見えたが、腹の内まではわからない。もしかして内部分裂など起こしていたら、瑞貴は母親を守ることができるだろうか。

そこまで考えて、瑞貴は怖くなってきた。

本当に義兄が組を裏切るつもりだったら――。

自分の思い過ごしであってほしい――いや、きっとそうだ。

ヤクザの付き合いなど、よくわからないから、いろいろと余計なことを詮索《せんさく》してしまうに違いない。そうであってほしい。

とにかくこれから、義兄の雅弘の行動に注意しておくことに越したことはない。そうすれば佐橋の行方も自《おの》ずとわかるはずだ。また藤堂という男との接触にも気をつけていたほうがいいかもしれない。それで何かあったら、やはり義父か母に相談をしたほうがいいだろう。

義兄さんが、藤堂と会っているときに上手く出くわして、二人から話を聞くのが一番手っ取り早いんだけどな……。

危ないことには首を突っ込みたくはないが、佐橋のことは気になるし、それにもしかしたら最終的には母の身の危険にも繋がってくるかもしれない。

そうなる前に、できるだけ情報収集をし、瑞貴なりの対策を考えておきたい。

瑞貴は仕方なく車窓から視線を外すと、車の座席に座り直し、会社へと向かった。

そしてその昼休み。瑞貴は何度も佐橋の番号に電話をしたが、彼とは結局、連絡が取れなかった。

電源が切られているうんぬんのメッセージしか流れてこなかったのだ。

やっぱり何かあったのかもしれない……。

嫌な予感が当たりそうで、瑞貴の背中に冷たい汗が流れてきた。どうにも義兄の雅弘に確認しなければ気が済まなくなってくる。

雅弘のポケットマネーから本当に八千万円が出たのなら、佐橋は借金取りから逃れ、無事でいるはずだ。電話が繋がらないのも、なんでもない証拠であってほしい。

──でも今朝《けさ》、義兄さんが藤堂さんと追っていたのは佐橋先輩だった。

通勤途中で見た朝の光景が瑞貴の脳裏を過《よ》ぎる。

今日は金曜日だ。多少遅くなっても明日は土曜日で会社は休みである。今夜なら雅弘を捕まえに出かけても明日の仕事を心配する必要はない。

瑞貴は一つの決心をした。

◆ Ⅲ ◆

夜の十時過ぎ。瑞貴は仕事を片づけ、いつものように会社の前に横づけしている黒塗りのレクサスに乗り込んだ。

相変わらず通りを行く人の視線が痛い。

車が動き出してから、隣に座っている加藤が話しかけてきた。

「坊ちゃん、今夜、おやっさんはお出かけで、夕食は一緒にできないとのことですが、どこか外でお食事をされますか？」

その言葉に、瑞貴は勇気を振り絞って口を開いた。

「加藤さん、雅弘義兄《にい》さんは、今夜はどこに？」

「若頭は、今夜はヤボ用で席を外していらっしゃいます」

なんとなく引っかかる。

「ヤボ用ってなんですか？」

「大したことではないので、坊ちゃんがお知りになるほどのことではありませんよ」

この世界、何事も『大したことない』という言葉ほど当てにならないものはないと感じている最中だ。逆にわざわざそう言われると、かえって怪しくさえ思える。

「雅弘義兄さんに会いたいんですが、義兄さんがいる場所に連れていってくれませんか？」

「え？」

加藤が珍しく驚いたような声を出し、瑞貴の顔を見つめてきた。

加藤のごつい顔は、半年前の瑞貴なら、恐れ戦《おのの》いて逃げてしまうほどのものだが、さすがに今は冷静に見つめることができる。睨《にら》み上げることさえ可能だ。

組に来て半年。人は見た目ではわからず、こんな怖い顔の加藤でも優しく実に忠義に篤《あつ》い男であることは充分に理解していた。

「義兄さんに用事があるんです。大したことのないヤボ用なら、俺が会いに行ってもいいですよね」

「今朝《けさ》も申しましたが、予定外の行動は駄目だと、組長からもきつく言われております」

「でも、今、加藤さん、俺にどこかで食事をするかって聞きましたよね。それって、今夜は特別で、どこかに出かけてもいいって意味じゃないんですか？」

「いや……その、それは」

「俺が義兄《あに》に会ったらいけないような。何か不都合でもあるんですか？」

「ぼ……坊ちゃん」

とうとう加藤から情けない声が出る。瑞貴は最後の一押しとばかりに、しっかりとした声で彼に告げた。

「義兄さんからの叱責《しっせき》は俺が受けます。連れていってください」

「……わかりました。ですが、その前に若頭に電話させてください。それこそ黙って坊ちゃんを連れていったら、大目玉を食らいますんで……」

加藤はそう言って、瑞貴の返事を待つことなく懐からスマホを取り出すと、雅弘に電話をし始めた。

本当は雅弘がいる場所に突撃して、何か証拠を摑《つか》みたい気分だったが、加藤たちのことを考えるとそういうわけにもいかず、瑞貴は電話で前もって連絡することに、納得するしかなかった。

逃げられるかもしれないが、まだ瑞貴としても単独で雅弘の行方を知る術《すべ》がないのも事実だ。こうやって加藤たちに聞くしかない状況であれば、どうしても雅弘に瑞貴の行動を前もって知られてしまうのは諦《あきら》めるしかない。

少しでも何か摑めればいいけど……。

藁《わら》にも縋《すが》る思いで、瑞貴は雅弘のいる場所へと向かった。

ほどなくして車は都内の老舗《しにせ》料亭の前で停《と》まった。

「義兄さんはここに？」

「はい、今夜は私用でいらっしゃっております」

「義兄さん以外に客は？」

「さあ……私は存じ上げません」

知っていてもきっと教えてはくれないだろう。瑞貴は小さく息を吐くと、意を決して車から出た。

あらかじめ連絡を受けていたのだろう女将《おかみ》や仲居たちが瑞貴を玄関で出迎える。

こんな高級な料亭を普段、平凡なサラリーマンが使うことなどないので、一瞬敷居を跨《また》ぐのに怯《ひる》みはしたが、根性で乗り切る。

ちらりと後ろを振り返れば、加藤たちボディーガードは瑞貴についてくるのではなく、料亭の外で見送っていた。どうやらこの料亭に入れるのは瑞貴だけらしい。

益々勇気が削《そ》がれるが、ここまで来たなら引き返すこともできず、瑞貴は無謀という名の勢いだけで、女将が案内するまま料亭の奥へと進んだ。

奥は離れとなっており、立派な日本庭園の一角にあった。他の部屋の雑音を気にしないで済むように、母屋から渡り廊下で行き来する独立した建物になっていた。

「築木様、お連れ様がいらっしゃいました」

女将が床に膝《ひざ》をつき、丁寧に頭を下げ、中にいるはずの雅弘に声をかける。

「ああ、入れ」

雅弘の声とともに、女将からどうぞと中に入るように促された。瑞貴は緊張で心臓をばくばくさせながらも、部屋の中へと入った。

「なんだ、瑞貴。俺に急な用があったのか？」

部屋に入った途端、スーツの上着を脱いだ状態で酒を飲んでいた雅弘に声をかけられた。その両脇《りょうわき》を水商売らしき女性が固め、雅弘にしなだれかかっている。

「義兄さん」

すかさず部屋に探りを入れる。お膳《ぜん》の数が義兄の分を入れて二つ用意されていた。酒の途中で席を外した様子の膳に、瑞貴が来る直前まで誰《だれ》かがいたことがわかる。

どうやら逃げられたようだ。しかしお膳を片づけるまでの時間がなかったらしい。誰かと会食していた痕跡《こんせき》が残ったままだった。

雅弘に誰かいたのか聞いたとしても無駄だとはわかっていたが、それでも聞かずにはいられない。

「義兄さん、今までどなたかいらっしゃったんですか？」

「あ？　彼女たちと旨《うま》い食事をして、食後の運動でもしようかと思っていたところだった」

案の定、そんなことを言ってくる。

「女性がお二人なのに、お膳が一つしかないのは、そちらの女性方にも失礼じゃないですか？」

そのお膳は誰のために用意されたのか、回りくどく尋ねてみた。

「何を言っている。俺の前にもう一膳あるだろう？　これが彼女の分だ。俺と彼女と半分ずつ食べるんだよな？」

と右手に抱いていた女性の頬《ほお》に軽くキスをする。

「もう、簗木さんったら」

女性もまんざらじゃない様子で、嬉《うれ》しそうにはしゃいだ声を出した。

思わずムッとする。

瑞貴はどうしてか不快な思いが胸を占めるのを感じずにはいられなかった。

この男、まったく節操なしだ！

昨夜《ゆうべ》自分に好みだだの、愛の告白だなどと言って、挙句の果てにはイロだのと宣言をし、躰《からだ》まで奪ったというのに、そんなことはすっかり頭から抜け落ちているのか、違う女性を口説く雅弘に沸々と怒りが込み上げてくる。

「義兄さん、節操なしもいい加減にしてください。あなた、俺を口説いていたんじゃないんですか？　それなのに、どういうことですか、これは」

瑞貴の叱責に雅弘が一瞬瞠目《どうもく》する。だがすぐにニヤリと人の悪い笑みを浮かべた。

「なんだ、嫉妬《しっと》か？」

「嫉妬なんかじゃありません。人を口説いておきながら、他の人も口説くというのが、節操がないって言ってるんです！」

「お前なぁ……俺にそんな口利く奴はお前しかいないぞ、まったく」

呆《あき》れたように返されたが、それでもどこか楽しそうに男の唇の端が持ち上げられる。こっちが必死でやってきたというのに、そんな余裕な態度を見せられて、瑞貴もカチンときた。憎まれ口で応酬する。

「義弟《おとうと》ですから、義兄の悪いところは見過ごせません」

「悪いところって……簗木さんなんて悪いところだらけじゃない？」

雅弘に引っついていた女性の一人が面白そうに会話に入ってきた。雅弘もまんざらじゃなさそうに、笑顔で答える。

「おいおい、俺の可愛《かわい》い義弟に、変なこと吹き込むなよ」

「はーい。でも簗木さんの義弟クン、本当に可愛いわ。ねえねえ、お姉さんと遊んでみる？」

バシバシと音が出そうなくらいの長くボリュームのある睫《まつげ》に彩られた瞳《ひとみ》で、蠱惑《こわく》的に見つめられる。

「あ……あのっ」

あまりこういった系の女性に免疫のない瑞貴はあたふたとするばかりだ。

「おいおい、お前たち二人にかかったら、こいつの童貞、あっという間に食われちまうだろうが」

「ど、童貞じゃありません！」

言った瞬間、莫迦《ばか》、と心の中で自分を罵《ののし》った。そんなことで嘘《うそ》をつかなくてもいいのに、つい見栄を張ってしまった。案の定、六つの目が瑞貴に向けられる。

「う……」

「あら、義弟クンは童貞じゃないんですって」

女性の一人が大袈裟《おおげさ》に驚いて面白そうに声を上げた。もう一人の女性も瑞貴の顔に自分の顔を近づけて、まじまじと見つめ、そして簗木のもとに戻った途端、口を開いた。

「本当に可愛いわ〜。いくら血が繋《つな》がっていないといっても、簗木さんの義弟なんて信じられないくらいウブ。お姉さん、本気で食べたくなっちゃう」

「駄目だ、駄目だ。こいつは俺のなの。俺の可愛い義弟だ。触るな」

「ケチ〜」

可愛らしい頬を膨らませて、女性二人が簗木に文句を言う。二人とも男の瑞貴より、ずっと可愛いのに、瑞貴のことを可愛いと言うのは、どう考えてもからかわれているとしか思えない。

「義兄さん！」

怒りの声を上げると、雅弘は軽く肩を竦《すく》め、二人の女性に声をかけた。

「悪いが、二人とも今夜は帰ってくれるか？　こいつの機嫌が悪くなると困るからな」

「築木さん、義弟クンには弱いのね」

「ああ、めちゃくちゃ弱い。浮気なんかバレたら、許してくれないだろうしなぁ。困ったもんだな」

まったく困った様子を見せるわけでもなく、そんなことをいけしゃあしゃあと言う。

「浮気は浮気なのにねぇ。本気じゃないのに、そんなに狭量なこと言ってたら、いまどき世間を渡っていけないわよね」

そんな世間、渡りたくありません。

思わず瑞貴は、声を出さずに心の中で断言しておく。

「そうそう、そういう固い頭だから、日本経済も活性化しないのよね」

浮気で日本経済が向上することには若干同意するが、自分と義兄の間柄には日本経済は関係しないと思う。

「築木さん、バイだもん。こんな可愛い義弟クンいたら、すぐ食べそう」
バ、バイって⁉
衝撃的な言葉に息の根を止められそうになった。だがこれに続く義兄の言葉に、さらにガツンと頭を殴られたような衝撃を覚える。

「あ？　もう食ったぞ、まだ青くて酸っぱかったな。だが、やみつきになりそうだ」

な……何をあんたはっ⁉

雅弘の言葉が一瞬理解できなかった。できなかったが、徐々にデリカシーのない台詞《せりふ》が躰に浸透し、怒りで震えてきた。

「な……ななな」

「きゃぁ……なんか生々しい。義兄弟でヤっちゃうなんて、さすがは簗木さん。エロくてかっこいい」

エロいのは認めるが、どこがどうかっこいいのか！

瑞貴は女性らを睨みつけた。だがまったく効果はないようで、楽しそうにきゃいきゃいと騒ぐばかりだ。

おかしい。おかしすぎるだろ、おりゃあっ！

瑞貴は脳内ちゃぶ台を三回くらいはひっくり返して怒りをぶちまけた。

一方、瑞貴とは対照的に雅弘もまんざらでもない様子で、にこにこと女性らを帰し始めた。

「さあ、お前たち、帰った、帰った。これ以上こいつの機嫌損ねたら、俺も宥《なだ》めるのが大変だからな」

「ええ～、まだ全然ヤってないのにぃ？　それに簗木さんこそ、エッチしなくて大丈夫？　溜《た》まってるって言ってたじゃない。今日、マミ、抜いてあげる気満々で来てるのにぃ。四人でも全然いいよぉ」

その可愛らしい容貌《ようぼう》を見事に裏切る台詞に瑞貴は頭痛を覚える。

「まあ……こいつが、怖いしな」

その言葉に瑞貴は鋭い視線を雅弘に向けた。もしかしたら、自分もヤクザの才能があるかもしれないと思うほどの鋭いやつだ。

「本当、怖そう。可愛いけど、嫉妬すると猛烈に怒るタイプかしら。簗木さん、刺されないように気をつけてね」

「ああ、大丈夫だ。ま、あえて言うなら、挿すのは俺だがな」

「に、義兄さん！」

あまりにも下品な冗談に、瑞貴は我慢しきれずとうとう怒鳴ってしまった。女の子たちも、楽しそうにきゃ～と叫びながら立ち上がる。

「じゃあ、簗木さん、今夜は仕方ないから義弟クンに譲るわ。その代わり、今度絶対お店に来てよね」

部屋から出ていきがてら、一人の女性が振り向きざま、ウィンクして可愛くお願いしてきた。

「ああ、お前の好きなボトル入れてやる」

「やぁりっ！」

男のヤニ下がった顔が視界の端に映る。

「ええ⁉　エリちゃんだけ？　やだ、マミにも入れてぇ」

「二人とも入れてやるから」

どこのエロオヤジだ。

「やったぁ。あと誕生日にシャンパンタワーもね。あの高級ドンペリを空輸してね」

「マミの誕生日も覚えていてよ」

「わかってるって、じゃあ、またな」

そんな時代遅れのバブリーな話題を口にしながら、にこやかに雅弘が手を振って二人を見送る。瑞貴はそんな彼の様子を見て、低い声で唸《うな》った。

「サイテー」

「嫉妬するな。お前が一番だから安心しろ。その証拠に二人を帰しただろう？」

「ああ、もう！　だから嫉妬じゃないっていって何度言ったらわかるんですか」

「じゃあ、その苛々《いらいら》はなんだ？　恋しちゃったかも～の義兄さんが、俺の処女奪ったのに、他の女に愛想振り撒《ま》いてるぅ。俺だけの義兄さんなのにぃ～、じゃないのか？　普通」

「……そんな口調で話さないでください。まじウザイです」

「お前、またウザイって言ったな。その言葉は繊細な俺の心を傷つけるって前も言っただろう」

「せんせいって、どんな字を書くんですか？　考えなければわからないような言葉、使わないでください」

「おうおう、書いてやろうじゃねぇか。ハーバード卒舐《な》めるなよ。ペンと紙あったっけな」

　と言いながら、スーツからペンを取り出すと、目の前のお膳においてあった箸袋《はしぶくろ》に『繊細』という文字を真剣に書き出す。自分も自分だが、義兄も義兄だ。大の大人がこんなことでお互いムキになっていることに、瑞貴は軽く眩暈《めまい》を覚える。ハーバード大学だって不本意だろう。

「義兄さん、こんなことしている場合じゃないんです。俺がここに来たのは、先輩、佐橋さんのことが聞きたかったからです」

「佐橋？」

　雅弘が顔を上げる。

「昨夜、佐橋先輩の借金を肩代わりしてくれるって言ったじゃないですか」

「ああ、あれな」

　雅弘は『繊細』という言葉が書かれた箸袋を指で摘《つま》むと、ふっとそれを吹き飛ばした。

ひらひらと『繊細』という文字が宙に舞う。

「先輩と電話が繋がらないんです。義兄さん、先輩に何かしたんですか？」

本当は遠回しで聞き出すつもりだったが、先ほどの女性のせいもあって、腹立たしさについ、直球で尋ねてしまった。だが雅弘は大して気を悪くしたわけでもなく、淡々と答えてきた。

「俺は何もしてないぞ。だが他の組のもんが、連れていったみたいだな」

「他の、組のもん？　松田組ですか？」

今朝見たときは、佐橋は逃げ切ったように見えたが、結局松田組に捕まったのだろうか。

瑞貴の背中に一筋の冷や汗が流れる。

「松田組じゃない。言っただろ？　あいつは他にもいろいろ金を借りてるって。俺が借金を払う前に、あいつは他の組に連れていかれたらしい」

「なっ……義兄さん、それで先輩はどうなるんです⁉」

大したことなさそうに告げる義兄の顔を信じられない思いで見上げた。

佐橋を助けると約束をしたはずだ。それなのに、この男は――。

瑞貴は義兄が佐橋を追っていたのを見かけたことを口にしようか迷った。しかし黙っていても加藤には知られているのも確かだ。遅かれ早かれ雅弘の耳にも入るだろうし、もしかしてすでに耳に入っているかもしれないので、隠すことなく思い切って尋ねてみた。

「義兄さん、今朝、先輩を追っていませんでしたか？」

「ん？」

「俺、ちょうど通勤途中で義兄さんを見かけたんですが」

「あ……ああ、あれか。残念だが、追いかけさせたが捕まらなかった」

瑞貴は無言で歯切れの悪い雅弘を見上げた。雅弘が何かを隠しているような気がしてならない。どうして松田組の藤堂と一緒にいたのか。もし佐橋を捕まえたとしたら、どうするつもりだったのか。

いろいろ聞きたいが、全部手の内を明かすこともしたくなかった。瑞貴が多くのことを知っているとわかったら、上手く小細工でもされて、証拠をうやむやにされそうだ。

それに瑞貴が藤堂の顔を知っていることは雅弘も知らないはずだし、加藤たちも気づいていない。それなら黙っていたほうが今は得策のように思えた。

瑞貴がそんなことを思案していると、雅弘は佐橋の心配でもしているのかと思ったらしく、瑞貴に声をかけてきた。

「大丈夫だ。大体行き先はわかってるし、俺が代わりに支払うって連絡済みだ。ただ……」

「ただ？」

義兄が中途半端に言葉を止めてきた。その間合いに胸がざわめいた。

「お前にはわからない話かもしれないが、今回のことが組同士の駆け引きに使われる可能性があるかもな」

「駆け引き？」

「そうなると親父が関係しちまうかもしれないから、そこが悩みどころだ」

「義父《とう》さんに……」

「まあ、この話は俺たちプロに任せておけ。返済が見込める借金のために、わざわざ人なんて殺さねぇよ。そっちのが手間だ」

「手間って……」

「だからお前の大切な先輩様も、命は盗られねぇってこと」

「本当ですか？」

「本当だ。しかし……お前、よくも俺の前で他の男の心配なんてできるな。あ？　俺には女の子とご飯食べるだけでキーキーと怒るくせに」

「だから、女性とご飯食べることに怒ったわけじゃありません。そこのところ間違わないでください」

「お前、本当に照れ屋だよな。俺のことが好きなら、さっさと素直に言えばいいのに」

「義兄さんは、本当に日本語が通じませんよね。自分勝手だって人から言われませんか？」

「ああ、言われる。すごいな、お前、よくわかったな」

開き直ったように言われ、瑞貴は眉間《みけん》に皺《しわ》を寄せた。すると雅弘がつっと瑞貴に顔を近づけてきた。

「で、どうする」

「何がですか？」

唐突に聞かれ、意味がわからず聞き返すと、またもや食えない笑みを零《こぼ》す。こういうときの雅弘がろくなことを言わないのは、この半年でよくわかっている。

「今からつまみ食いをするところだったんだぞ。さっさとお前に見つかってしまって、寸止め食らったんだ。ここは本妻が責任取るべきだろう？」

「誰が本妻ですか。いい加減にしてください。こんな莫迦らしいことに付き合いきれません。節操なしの下半身など、どこぞのヤクザに切られてきたらどうですか？　指を詰めるより、ずっと有意義だと思いますが」

「お前、何気に恐ろしいことを言うよな。まったく可愛い顔して、鬼のような嫁だ」

「だから、俺は嫁ではありません。義弟です！」

「浮気も簡単にできないものなんだなぁ……」

人の話も聞かず、そんなことを感慨深げに言われる。こういう莫迦な発言は無視だ。無視に限る。

「とにかく先輩のことがわかればいいです。じゃあ、俺はこれで帰り……」

言葉の途中で腕がぐいっと引っ張られた。瑞貴はバランスを崩し、雅弘の胸の中にすっぽりと顔を埋《うず》めてしまった。抜け出そうともがくと、抱きしめてくる雅弘と目が合ってしまう。彼ににっこりと笑われ、瑞貴は反射的に顔が引き攣《つ》る。この半年間の学習でこの体勢はやばいと思った。

「義兄さん、放してください」

「なあ……お前にさ、マンションがいいかこの店がいいか、セックスする場所を選ばせてやろうと思ったけど、恥ずかしがり屋のお前が積極的に場所を決めるなんてことできないよなぁ、やっぱり」

「はあ？」

選ばせてやるとか、恥ずかしがり屋とか、チンプンカンプンな言葉が瑞貴の頭上を飛んでいく。とてもキャッチできるものではない。いや、したくない。

「俺、帰りますから」

瑞貴は慌てて立ち上がろうとしたが、それよりも早く雅弘の腕が瑞貴の躰に伸びる。

「ここ、そういうこともできるように、隣の部屋に布団が敷いてあるんだよな。知ってるだろ？　ほら、桔梗屋《ききょうや》さんみたいな悪徳商人が、御代官に綺麗《きれい》な町娘を差し出すようなシーン、ああいうの、ここにあるんだ」

じ、時代劇なんてほとんど観ません。

十歳違うと感性も違うのだということをしみじみと感じたのも束《つか》の間、瑞貴はハッと我に返り、慌てて首を横に振った。だが、瑞貴のそんな精一杯の意思表示はものの見事に無視される。

げっ！

雅弘は軽々と瑞貴を抱きかかえると、隣の部屋とを仕切っていた襖《ふすま》を開けた。

奥の座敷には、本当に二組の、青と赤の布団が枕《まくら》を並べて敷かれていた。

この男の妄想癖はすでに世界遺産レベルだと思うが、今そんなことを懇々とこの男に説明している余裕はなかった。自分の躰のほうが大切だ。

「義兄さん、目を覚ましてください。

「目はしっかり覚めてるぞ。お前の躰、全部きっちり見るために、お目目もぱっちり、あそこもギンギンだ」

「なに、オヤジみたいなこと言ってるんですかっ！」

「だって、俺、お前よりオヤジだしぃ」

「いい大人が、『だって』じゃないでしょう！　それに語尾も伸ばさないでくださいっ」

「あんなパンツ穿《は》いていたお子様に言われたくないな。今日もまた漫画がプリントされたようなパンツなのか？」

「違います！　今日は白です！」

……って、何を俺は正直に答えているんだ！

自分で自分を叱責するが、時、すでに遅し。節操のない男がニヤニヤといやらしい笑みを浮かべ、瑞貴を見つめてきた。

「な……なんですか！」

こんなスケベ男など殴ってしまえばいいのに、どうしてかそれができない。

「いや、可愛いなぁって思っただけだ」

「っ……」

カッと熱が瑞貴の顔に集中する。自分の躰の反応に翻弄《ほんろう》されているうちに、そのまま布団の上に下ろされた。ほっとしたのも束の間、すぐに雅弘が上に覆い被《かぶ》さってきた。

「この間はサカって、リビングでやっちまったが、今夜は布団の上だ。布団ってベッドより何かいやらしくて萌《も》えるよな」

「勝手に萌えててください、俺は帰ります！」

雅弘のしっかりとしたガタイに押さえ込まれそうになり、瑞貴は躰を反転させ、下から這《は》いずり出ようとするが、腰をがっちりと摑まれ、抜け出すことができない。

「義兄さん！」

「こんな小さな尻《しり》に俺を咥《くわ》え込むんだよな。どうりで締まりがいいはずだ」

「なっ……」

臀部《でんぶ》を強く揉《も》まれ、瑞貴の躰がカッと熱くなる。

「こんな可愛い義弟ができるなんて、本当に予想外だった」

そう言いながら雅弘の手は止まることなく、瑞貴の衣服を脱がし始める。

「そうです、義兄さん、俺たち義兄弟なんですよ！　あなたの常識とかモラルとかはどうなってるんですか！」

こうなったら、彼のあるかないかわからない良心に訴えるしかない。だが雅弘は瑞貴の首筋を舌でペロリとアイスクリームのように何度も舐めるだけで、モラルも何も考えてもいないようだった。

「親の都合なんて知ったこっちゃないな。親が結婚したから兄弟になっただけだろ。むしろ背徳感が増して、いいじゃないか」

よくありません！

「大体、こんな可愛い尻をチラつかせて、食ってくれと言わんばかりに、俺の前をうろうろしているお前も悪い」

「変な言いがかりをつけないでください」

と言いつつ、瑞貴は頑張って彼の下から這い出ようと、手足を懸命に動かす。だがそれは雅弘に簡単に捕らえられ、じわりじわりと追い詰められていく。

「お陰で、お前にちょっと甘えられただけで俺もほいほいと八千万円出しちまったし。女どもから時計や宝石をたかられるより、タチ悪いぞ」

「う……」

それを出されては瑞貴も文句が言えなくなる。

「それより、お前もそろそろ集中しろよ。よそ事考えてるなんて、余裕ありすぎじゃね？まさかやっぱり俺以外の男の経験あるって言うんじゃねぇだろうな」

「ありません！」

はっきり否定すると、雅弘が本当に嬉しそうに笑みを零す。その笑顔を見て、瑞貴の胸の鼓動が大きく跳ねた。

な……なに？

ありえない。こんな胸がときめくような現象、絶対ありえない。

瑞貴は自分のこの変化に戸惑いどころか困惑した。もしかして最近の急な環境の変化で情緒不安定になり、こんな現象が起きるのだろうか。それなら納得できる。

「なあ……瑞貴、そんなに焦《じ》らすなよ」

耳元で熱い吐息とともに囁《ささや》かれる。同時に腰の辺りに硬いものを押しつけられて、またドキッとした。

「へ……変なもん、押し当てないでください！」

「変なもんじゃねぇだろ？　お前を悦《よろこ》ばせてやれるいいもんじゃねぇか」

「なっ」

本来なら当然そんなことをされたら気持ち悪いはずなのに、不用意に心臓が跳ね上がり、カッと全身が熱くなるのはなぜなのか。

恐ろしい単語が脳裏に浮かびそうになり、瑞貴は大慌てで首を左右に振って、外へと追い出した。

ありえない。ありえない、ありえないっ。

目をぎゅっと瞑《つむ》って、わけのわからない鼓動の速さに耐えた。

「仕方ないな……」

すると雅弘がポツリと呟《つぶや》いた。

「え？」

解放してくれるのかと、恐る恐る片目だけを開いた。

「八千万円」

「ええ？」

いきなりそんなことを言われ、両目をパチリと開けて振り返る。真正面から雅弘と視線が合ってしまった。

「は……はっせん、ま……ん」

「佐橋っていう男に俺が支払った分だけ躰で返せよ。約束だ」

「うっ……」

それを言われると瑞貴のほうが分が悪い。だが。

「そういう理由がないと、駄目なんだろ？　お前は」

続けて、ふと悲しそうに呟かれる。同時に瑞貴の胸が鷲摑《わしづか》みされたような痛みが走った。

「駄目って……」

「そんな顔するな。とりあえずお前にはまだ理由を与えておいてやる。いいさ、俺はどうせ貞操観念も何もない男だ。お前がどんなに嫌がっても抱く、そういう男だ。お前のせいじゃない。そういうことにしとけ」

そうやって逃げ道を作られるのも嫌だった。自分だけ卑怯《ひきょう》者にされたような気さえする。だが、今の雅弘の言葉を否定することもできなかった。その通りだからだ。自分が彼に抱かれるのは八千万円の借金のためだ。それ以外何も理由はない。

ないはずなのに、心のどこかが痛む。

「もう今夜は観念しろ。あまり焦らされると俺も紳士ではいられなくなるからな」

躰を反転させられ、正面で向き合う形となる。彼の指が瑞貴の頰を撫《な》でてきた。

よくわからない。自分がこの関係を望んでいるのかいないのか。

義兄なのに——。

自分でそんな理由をつけて逃げようとしているのも、このままでは流されてしまいそうだからだ。

男同士ということだけでも瑞貴にはすでに許容量オーバーだというのに、そこに義理とはいえど兄という関係が入り込んでしまい、益々わけがわからなくなる。だからどこかにストッパーが欲しい。

流されてしまうことに大きな不安を覚える。なのに、流されてしまう。そして流されてしまったらしまったで、どこか安堵《あんど》さえ感じるような気がして、それがまた怖くなる。

矛盾した思いを抱え、瑞貴は八千万円の借金という大義名分を手に、雅弘の肌の熱を感じ始めたのだった。


目が覚めると、土曜日の朝だった。自分勝手な男はすでにその場におらず、瑞貴だけが布団の中で眠っていたようだ。

「義兄さん、帰ったんだろうか」

取り残されたような気分が胸に広がり、雅弘が傍《そば》にいなかったことで気落ちする自分がいることを自覚する。

「今、何時だろう……起き……いたたたた」

起き上がろうとして腰に激痛が走り、再び布団の上へと沈む。

昨夜は二人で一緒に風呂《ふろ》に入り、躰中を洗われ、さらに雅弘の精液を体内から掻《か》き出すという醜態を晒《さら》し、一夜を過ごした。

腰も痛くなるはずだ。

「なに、やってんだか……」

小さく溜息《ためいき》をついて、もう一度ゆっくりと起き上がった。今度は細心の注意を払ったのもあり、腰の痛みもあまり感じずに起き上がれた。

「ふぅ……どうにか動けそうかな」

目覚めればいつもと変わらない朝があり、瑞貴自身もどこかが変わったということもない。少しだけ胸が切ないだけだ。

結局、昨夜の客の正体はわからずじまいだった。絶対、義兄以外に誰かいたはずなのに、セックスで上手く誤魔化《ごまか》されてしまった感が拭《ぬぐ》えない。

どうせ義兄にとって、瑞貴など赤子も同然だ。最初からうやむやにする気でセックスを仕掛けてきたのかもしれない。

莫迦だな……俺。真剣に悩んだりして。キャバ嬢二人では誤魔化しきれなかったから、俺に手を出したんだ……。

瑞貴は大きく溜息をつくと、布団から立ち上がった。認めたくないが、初めて抱かれたときよりも躰の軋《きし》みは少ないし、痛みも和らいでいる。

隣の部屋の座卓まで歩くと、そこにメモが置いてあるのが目に入る。そこには短く『茶漬けでも食べて、先に帰ってろ』と書かれてあった。雅弘の文字を初めて……いや『繊細』という文字だけを目にしたが、文章として書かれてある文字も意外にきっちりとした綺麗なものだった。

「茶漬けって……」

そう呟いた途端、部屋の障子の向こうから声がした。

「おはようございます。お目覚めになりましたか？」

ボディーガード兼雅弘の舎弟でもある加藤だ。きっと雅弘に言われて、瑞貴が起きるまで廊下で待機していたのだろう。

「部屋に入ってもよろしいですか？」

大体の状況を察している加藤は、そんなことを瑞貴に尋ねてきて、瑞貴の心をざわめかせた。

どうしよう……こんなところ見せたくない。

だが、無視をしているわけにもいかない。それに追い返すのも余計、情事の名残のようなものを加藤に感じさせるような気がして、憚《はばか》られた。

……開き直るしかないのか。

この場を取り繕ったとしても、すべて加藤には知られている。それなら平然として加藤と対峙《たいじ》したほうが、まだましのような気がした。

瑞貴は素早く自分の身なりをチェックした。とりあえずこの料亭のものだと思われる浴衣《ゆかた》を着ている。襟が乱れていないか確認し、瑞貴は加藤に部屋に入るように答えた。

「おはようございます、坊ちゃん」

「おはようございます……加藤さん」

気まずい空気の中、ごつい男が畳の部屋に現れて正座した。

「若頭に言われておりますが、朝飯は茶漬けでいいですか？」

「若頭がいつもここで泊まる際に食べられているものです。鯛《たい》が入っていて旨いですよ」

「茶漬けって……」

いつもここで泊まる際……。

何気ない言葉に引っかかってしまう。

昨夜キャバ嬢と戯れている雅弘を見たときのような不快な思いが瑞貴の心の片隅に生まれる。

いろんな女性……それに男性とも遊んでいるに決まってるじゃないか。何をそんなに思うことがある。

瑞貴は自分で自分に喝を入れる。

義兄、雅弘は自分とは違うのだ。瑞貴にとってはセックスは遊びでするものではない。愛する人とするものだ。だがあの男は違う。きっと本能のまま、相手のことが気に入れば男でも女でも抱くのだろう。後ろめたさなどまったく持たず、それがさも当然のように思っているに違いない。

瑞貴は朝から何番目かの溜息をまたついてしまった。

「坊ちゃん？」

黙ってしまった瑞貴に加藤が心配そうに声をかけてきた。それで我に返る。

「あ……じゃ、茶漬けで」

「わかりました。では女将に伝えてきます」

加藤は立ち上がって部屋から出ていこうとした。

加藤の後ろ姿を見て、瑞貴は昨夜、ここに入る前に彼に尋ねようとしていたことを、自分の手の内を明かしても、やはり直接聞こうと思った。

彼が何か隠しているかもしれないし、義兄と共謀しているかもしれない。

だが、彼に聞くしかない。加藤は昨夜ここに誰が来ていたのかを知っている可能性が高いのだ。

「加藤さん！」

「なんですか？」

彼が障子を開けたまま振り返る。瑞貴は思ったままのことを口にした。

「義兄は……その……たとえば組を裏切ったりなんていう様子はないでしょうか？」

「は？」

加藤が驚いたような顔をして、瑞貴を見つめてきた。

瑞貴は自分の失言に今さらながらに気づく。加藤が雅弘の味方である可能性が大いにあるのに、いくら焦っていたとはいえ、迂闊《うかつ》にこんなことを口にしたのは失敗だった。瑞貴は慌てて言葉を付け足す。

「あの……その。昨夜ここで誰と会っていたのか知りたくて……」

「ここで、ですか？」

「はい」

「昨夜、私は存じ上げないと申し上げたはずですが」

「わかっています。でも、もし義兄さんが何か組を裏切ったりしているようなことがあったら……」

加藤が障子を閉め直し、再び瑞貴に近づいてきた。話の内容が外に聞こえるとまずいからであろう。

「坊ちゃん、若頭が誰と会っていたかで、裏切りの疑いを向けるんですか？」

「あ……いえ、そういうわけでは……。すみません、失言です」

どう言ったらいいのかわからない。こんなことを唐突に言っても変だと思われるだけだ。佐橋のことやら先日聞いた電話の件とか、そういうことを全部話さなければ、伝わらないのもわかっている。

だが、普段義兄の傍にいる加藤なら、ちょっとした異変なども感じ取っているかもしれない。瑞貴は藁にも縋るような気持ちで加藤を見上げた。

「でも何か釈然としないものがあって……」

義兄が組を裏切っているなんてことはない、としっかりと否定してほしい。

加藤の黒く鋭い瞳が瑞貴を貫く。こんなヤクザと睨み合う日など来るとは、ほんの半年前までは思ってもいなかった。

瑞貴は身が竦みそうになりながらも、黙って加藤の視線を受け止めた。

やがて加藤が小さく呟く。

「坊ちゃんが仰《おっしゃ》ってる意味がわかりかねますが」

「加藤さん……」

「私にはどちらかというと、坊ちゃんこそ簗木組を裏切るような気がしてなりません」

「え……」

逆にそんなことを言われ、瑞貴はどうして自分が加藤にそう言われるのかわからなかった。

「失礼なことを申し上げたかもしれませんが、ご自身の言動はよくよく考えて、なさってください。一般の人とはその影響力も大きく違っていることをお忘れなきように」

あ――。

加藤の言う通りだ。いくらヤクザ稼業とは関係なく日常生活を送っているといっても、簗木組という組織の中に入ったのだ。多くの舎弟もいれば、誰しもが瑞貴のことを組長の家族として一目置いている。

瑞貴も軽はずみなことを口にしてはならないのだ。

「すみません、俺、配慮が足らずに……」

「いえ、わかってくださされば結構です。若頭についてのことはお聞きしなかったことにします。瑞貴さんも組のことを知らないわけですから、あまり首を突っ込まないようにしてください」

「……わかりました」

「では、茶漬けを頼んで参りますので、しばらくお待ちください」

加藤はそう言うと立ち上がり、今度こそ店の人に朝食を頼みに部屋を出ていったのだった。

＊＊＊

「おかえりなさいませ」

檜《ひのき》造りの立派な築木家の玄関に、むさくるしい男が数人で迎えに出る。

瑞貴は料亭で茶漬けを食べ、そのまま昼前くらいに車で家まで帰った。

「瑞貴、お帰りなさい」

「母さん」

珍しく母が奥から顔を出した。結婚しても病院を辞めずに働いている母とはすれ違いが多く、なかなか会えずじまいだったが、今日は家にいたようだ。

「母さん、今日、仕事は？」

「夜勤だからいいの。それより瑞貴、着替えたら、ちょっと居間に来て」

久々に母の苛立つ声を聞いて、瑞貴は嫌な予感を覚えつつも、すぐに着替えて居間へと向かった。

土曜日の昼間の時間帯の居間は、家族の誰も姿を見せない。皆、外へと出払っているため、瑞貴と母の二人きりだった。

「瑞貴、朝帰りについてなんだけど」

「な、なに？」

予想通りの展開だった。玄関で母の顔を見てから、絶対聞かれると思っていた第一声だった。瑞貴はどう説明しようか焦るしかないが、母はそんな瑞貴に言葉を続けた。

「今日だけでなく、昨日も、だったそうね。別に朝帰りを怒っているわけじゃないわよ。瑞貴も社会人になったのだし、夜遊びがしたいのもわかるから。だけど加藤さんたちにも迷惑がかかるでしょ。あなたがどれだけ遊んだか知らないけど、加藤さんたちはずっとあなたの護衛をしているんだから、ちゃんと気を遣って、ある程度で切り上げてきなさい」

どちらかというと、母は夜遊びよりも加藤たちのことを気遣っているようだった。何をしていたのか聞かれずに済み、少しばかり緊張が緩む。

「わかったよ。なるべく加藤さんたちは遅くなったら帰すようにする」

すると母がこれ見よがしの大きな溜息をついた。

「瑞貴、ここは普通の家じゃないの。あなたが家の事情で誘拐や暴行されたりすることもあるの。加藤さんたちがいなきゃ、危ないでしょ。遊びたい気持ちはわかるけど、あなたもさっさと帰ってきなさいって言ってるの。何かあった後では遅いんだから」

母の表情が歪《ゆが》む。どこか泣きそうでもあった。

「そりゃ……確かに母さんがみんな悪いんだけどね……」

母が急に弱々しい声で、ぽつりとそんなことを言い出した。

「あなたのことを考えたら、勝正さんと結婚はやめるべきだったわ……」

「か、母さん」

「そんなことないよ、母さん。俺、ちゃんと普通の生活をさせてもらってるし、身の危険だって感じたことないよ」

貞操の危機は守ってもらえなかったが、と心の中で付け足しておく。

「勝正さんが、あなたには普通の生活を約束するって言ってくれたし、義理のお兄さんたちにもきちんと面倒を見るように言ってくれるって説得されたけど、母さん、少し自分のことばかり考えすぎてしまったわ」

母が寂しげにそう呟く。結婚前はあんなに嬉しそうに輝いていた母を心配させてしまうことに、瑞貴は罪悪感を覚えた。

女手一つでずっと育ててくれた母に、どうにか幸せになってもらいたいというのは、瑞貴の一番の願いだ。勝正がヤクザであったのは大きな誤算であったが、それでも誰よりも義父が母を大切にしているのは瑞貴の目からもわかるし、母も勝正に絶大な信頼を寄せているのもわかる。

「母さんは心配しすぎだ。俺、こう見えても男だし、母さんが思っているよりはいろいろと図太いよ」

「だけどね、瑞貴」

「わかってるって、もう朝帰りはしない」

瑞貴は母の言葉を遮って言葉を続けた。母もそれ以上言うのをやめようと思ったらしく、口を噤《つぐ》んで、お茶を飲んだ。そして湯のみをテーブルの上に置くと、急に目をきらきらとさせ、瑞貴を見つめてきた。

あまりの変貌《へんぼう》に瑞貴が母の顔を見つめていると――。

「で、朝帰りって、何よ。彼女？」

「え？」

いきなりそんな話題に切り替わった。

「瑞貴、大学時代もてたじゃない。でも結局、長続きしなかったでしょ？　何が原因かなんて、そんなヤボなこと母さんも聞かないけど、どう？　今度の彼女とは長続きしそうなの？」

「か……母さん」

自分の母親であるが、その切り替えの早さについていけない。

「朝帰りとか反対だけど、彼女と離れがたいとか言うなら、いっそのことセキュリティーのしっかりしたマンションとか用意するって勝正さんも言ってくれているの」

「え？　義父さんも知ってるの？」

たった二回だけ朝帰りしただけなのに、マンション購入の話題まで出ているとは、驚くしかない。

「ほら、今の彼女と結婚するかは決まってないかもしれないけど、どうせ後々新居にもできるでしょ？　うちは商売が商売だから、勝正さんも、あなたのことを心配しているの。繁華街でデートして、万が一襲われたりしたら大変だから、きちんとしたマンションで過ごしたほうがいいって……」

「はあ……」

あまりの展開の早さに、思わず間の抜けた声を出してしまう。

「なに？　気に入らないの。まあ、結婚するなら彼女の意見も聞かないといけないわよね。あ〜、でもあんまり最近は男子がガツガツしていても駄目なんだったわよね？　本当、最近は難しいわねぇ。でも、とりあえずマンションを用意して、お相手の方がそれが嫌だったら、買い換えればいいし……」

なに暴走してるんだ、母さん！

思わず自分の母親でありながらも、突っ込みたくなる。

「母さん、そんなマンションだなんて……。別に昨夜は彼女とかそういうのじゃないし」

もちろん義兄、雅弘と料亭で口では言えないようなことをしていたとは、死んでも言えない。この秘密は墓まで持っていくつもりだ。

「照れなくてもいいじゃない」

「照れてないって、本当だって。なんなら加藤さんたちに後で聞いてよ」

その言葉にようやく母も少しは瑞貴の言葉を信じたようだ。目を丸くして驚いた。

「本当にそうなの？　あら……残念だわ」

そう言いながらもまだ母は半信半疑な様子だ。

我が母親ながらたくましいというか、なんというか。息子の身の心配をしながら、そんなことまで考えていたかと思うと、これから先が思いやられる。

加藤さんが義兄さんとのことを言うとは思えないけど……。

内心どきどきだ。彼が臨機応変に適当なことを言ってくれるのを祈るばかりだ。

「まあ、それならそれで……実は瑞貴、お見合い写真が……」

プルルル……。

母が何か言いかけた途端、瑞貴のスマホが鳴り出した。何かとんでもないことを母が言いそうだったので、これ幸いと瑞貴は番号も確認せず、慌てて電話に出た。

「はい、簗木です」

『瑞貴か？』

「先輩っ！」

電話の相手は行方がわからなくなっていた佐橋だった。渡りに船とはこのことだ。瑞貴は母に電話だからと目だけで訴えて、無事に居間からの脱出に成功した。

「どうしたんですか？　先輩。全然連絡つかなくて心配したんですよ」

『悪かったな、瑞貴』

「先輩の借金、どうにかなりそうですよ。たぶん義兄がもう支払っていると思います」

　まずは佐橋が安心できるように、借金のことを伝えた。

「義兄に借金を返す形になりますが、利子はつけないので、無理せず返済してもらえば大丈夫です」

『いろいろと悪いな……瑞貴』

　電話の向こうで佐橋が涙ぐんでいるのがわかった。彼も安堵しているのだろう。

「先輩、どこにいるんですか？」

『隠れてるんだ。人に追われてて……』

「追われてる？」

　すぐに雅弘と藤堂の姿が思い浮かんだ。

「で、どこにいるんですか？」

『お前の家族には言うなよ。見つかるとやばいから……』

　やっぱり、と思う。

「うちの簗木組が先輩を追っているんですか？　どうして……」

『悪い、今は時間がないんだ。いつ、ここを奴らに見つけられるかわからないからな。後で話すからとりあえず来てくれないか』

「え？」

『頼む、瑞貴。もうお前しか頼る人間がいないんだ』

「先輩……」

瑞貴は佐橋から今隠れている場所を聞き出すと、加藤たちに見つからないように、そっと家を出たのだった。

◆

Ⅳ

◆

昼間の新宿歌舞伎町《かぶきちょう》の辺りは、早朝に出されたのか、生ごみが道路に並び、夜の華やかさからほど遠い光景が広がっている。

深夜の疲れが滲《にじ》み出たような淀《よど》んだ空気の中、瑞貴は指定された雑居ビルの前へと立った。どちらかというと、あまり足を踏み入れたくない系の風俗満載のビルである。

大学を卒業して真面目《まじめ》に働いている瑞貴にとっては、今まで一度も入ったことのないような場所だ。きっと佐橋のことがなければ、これからもまったく行く予定がなかっただろう。壁に寄せてあったピンク色の看板には、綺麗な女の子が水着姿で笑っている姿が描かれていた。その看板を見ただけでも帰りたくなり、早くも挫《くじ》けそうになる。

本当にこんなところに先輩がいるんだろうか……。

俄《にわ》かに不安になる。一度、佐橋に電話をして確認したほうがいいかもしれない。

瑞貴は、スマホを鞄《かばん》から取り出し、電話をかけた。コール音を数回鳴らすと相手が出る。

「先輩？」

『瑞貴か？』

「はい、今、金森《かなもり》第三ビル前まで来ているんですけど、ここの五階でいいんですよね」

『大きい声で場所を言うなよ。見つかったらどうすんだ』

「すみません、じゃあ、今から行きますね」

『ああ、待ってる』

すぐに電話を切り、瑞貴はビルを見上げた。ビルの五階はテナントが入っておらず、空きフロアとのことだった。ビルの端に細い入り口があり、その奥がエレベーターと階段になっている。壁には風俗店の看板がぎっしりと並んでいた。

瑞貴は薄暗い通路を奥へと進み、乗るのも怖い、古そうなエレベーターを避けて階段で五階まで上がった。

段ボールとガムテープで塞《ふさ》がれているドアが目の前に現れる。その段ボールの隅のガムテープが若干剝《は》がされていて、そこから出入りできるようになっていた。

「先輩、入りますよ」

瑞貴は声をかけて、その段ボールの捲《めく》れた場所から、ドアを開けて中に入った。だが、

「ようこそ、簗木組の坊ちゃん」

中に入った途端、ドアの陰から屈強な男たちが現れ、瑞貴を両側から押さえつけてきた。

「な……何っ⁉」

「おっと、静かにしていろよ。暴れられると、傷がついちまうかもしれないだろ？」

一人の男が下卑た笑みを浮かべながら答えてきた。どう見てもそっち系の人だ。だが半年間で、この手のタイプにも免疫ができた瑞貴は命知らずにも言い返した。

「暴れられるのが嫌なら、放してください！　俺も乱暴をされなければ、闇雲《やみくも》に暴れたりはしません！」

「フン、威勢がいいな。義理とはいえ、さすがは簗木組の人間だ」

ドンと背中を押され、床に転がされる。すると目の前に佐橋が縛られて座っていた。

「せ、先輩っ！」

「すまん、瑞貴」

縛られながらも佐橋が土下座するように額を床に擦《こす》りつけた。

「美和子《みわこ》が流産しそうになって、救急車で運ばれたんだ」

美和子、たぶん佐橋の奥さんになる人の名前だろう。借金取りや前の恋人だったヤクザの男に追われて、心労が重なったに違いない。だが、それが今のこの状況とどう関係するのかわからなかった。

瑞貴は佐橋の説明を黙って聞き続けた。

「だけど昨今、産婦人科は医者不足だし、病室も満室で……救急車に乗っても、たらいまわしにされて……」

それについては、大きな問題になっていることは、瑞貴だって知っている。

「ここの人に頼んだんだ。ここから声をかけてもらったら、評判のいい病院がすぐに受け入れてくれて、美和子は無事に緊急入院できたんだ」

瑞貴は起き上がりながらも、自分を囲む男たちを見上げた。『ここ』というのは、どこの組のことなのだろうか。

「俺たちは命の恩人だってことだなぁ……佐橋」

男の声を聞いて、瑞貴はすぐさま理解した。佐橋は一番頼ってはいけない人物に頼ってしまったのだ。いつから佐橋とこの男たちが関《かか》わっていたか知らないが、きっと随分前から揺さぶりをかけられていたのだろう。そしてきっと妻が死にそうになっているところへ、まるで救世主のように現れたに違いない。

「結局、緊急手術で帝王切開したんだが、子供が早産で、今、集中治療室に入ってるんだ。美和子もまだ意識不明で……金が、金がいるんだよ」

「金って……」

なんとなくわかってきた。金で瑞貴は売られたのだ……きっと。

「悪い。病院を紹介してくれるのも、お前を呼び出すことが条件だった……。お前には申し訳ないと思っている。だけど俺も男として、愛している女と子供は守らないとならないんだ。許してくれっ、瑞貴！」

佐橋がさらに額を強く床に擦りつけ、瑞貴に謝ってきた。確かに佐橋の気持ちもわかるが、自分がヤクザの取引の材料にされる立場になっていることに、驚きを隠せなかった。

まさか俺がそんなことに……。

半年前では考えられないことだった。簗木組の組長の家族となり、頭では気をつけようと思っていたが、実感が伴っていなかったことに気づかされる。自分とヤクザをどこか切り離して考えていたことを思い知らされた。

「俺たちも最初から佐橋が簗木組の坊ちゃんと知り合いって聞いていりゃあ、お友達価格で金を貸してやったんだけどなぁ」

そう言いながら男が土下座している佐橋の頭をぽんぽんと叩《たた》く。

「お金は返したんじゃないんですか？」

「ああ、返してもらった。だが、あんたんとこに関係していたとなれば、話は別だ」

その返答で、雅弘が以前口にしていた『駆け引き』という言葉を思い出す。雅弘もこのことを懸念していたのではなかろうか。だから雅弘は義父に迷惑がかからないように、水面下で動いていたに違いない。もしかしたら瑞貴は雅弘の努力を水の泡にしてしまった可能性がある。しかも義父にも迷惑をかけることになるとしたら……。

どうしよう！

散々、厄介ごとには首を突っ込むなと義兄や加藤からも忠告されていたはずだ。だから瑞貴も充分気をつけていた。だが、気づいたら頭から突っ込んでいたというのが正直なところだ。

殺されることはなさそうだが、瑞貴のせいで義父や義兄たちに迷惑はかけたくない。母を幸せにしてくれているだけでもありがたいと思っているのに、恩返しどころか足手纏《まと》いになることだけは避けたかった。

「返してもらったところ悪いが、こいつの女房やガキのことで、また金を使っちまったからなぁ。それも返してもらわんといかんなぁ」

「いくらですか？　俺がお返しします」

瑞貴がそう答えると、男はわざとらしく驚いた表情を見せた。

「おお、兄ちゃん、男前だなぁ。おい、佐橋。お前の後輩はしっかりしとるやんけ」

「瑞貴……」

佐橋が悲壮な顔をして瑞貴を見上げてくる。佐橋に裏切られたことには心が傷ついたが、佐橋もまた、自分のプライドを捨ててヤクザや瑞貴に頭を下げて、妻や子供を助けようとしているのだと思うと、簡単に彼を憎むことはできなかった。

高校の時の佐橋は武道を極め、きちんと後輩の面倒も見る、良き先輩だったのだ。彼にとっては妻子を守るための苦渋の選択だったに違いない。

「どのくらい必要なんですか？」

瑞貴は再度、男に尋ねた。

「そうだなぁ、残念だが、あんたには払えないな。金額で話がつくものじゃねぇし」

「どういうことですか？　借りたのはお金ですよね。金額で話がつかないなんて莫迦なことを言うのはやめてください」

とんでもなく吹っかけるつもりなのか。

瑞貴は思い切り相手の顔を睨みつけた。伊達《だて》に半年間もヤクザの中で生活をしていたわけじゃない。多少の脅しやドスの利いた声は、不本意ではあるが慣れてきている。

相手も瑞貴の外見に騙《だま》されていたのか、瑞貴が言い返してきたことが意外らしく、目を丸くした。

「あんた、可愛い顔してなかなか言うじゃねぇか」

「当たり前のことを言っているだけです」

「はっ、あんたの当たり前っていうやつがどんなもんか知らんけどな、こっちにはこっちの流儀っていうもんがあるんだ。とにかく、義兄のどちらかを、その可愛い声で呼んでもらえねぇかな。助けて、とかお願いとか言ってくれりゃあ、あいつらも飛んでくるだろうよ」

「どちらの義兄も多忙なので、来ませんよ」

自分が取引の材料にされてはたまらない。それに義兄が多忙なのは本当だ。長兄はまだ香港だし、次兄の雅弘も今朝、瑞貴が目を覚ましたときには、すでにいなかったのがいい証拠だ。

「はっ、聞いてるぜ。前の組長が色ボケして、女のために組長の座まで譲って引退したって。そりゃあもう新しい女房と義理の息子を溺愛《できあい》してるって話らしいじゃないか。そんな可愛い義理の息子が頼めば、親の命令で義兄のどちらかはすぐにやってくるさ」

「義兄たちはそんなに莫迦じゃありません。甘く見ないでください」

物凄《ものすご》く甘い考えの男に苛立つ。築木組をなんだと思っているのか、そう怒りを覚えたときだった。突然ドアが蹴破《けやぶ》られた。一瞬辺りが騒然とする。

瑞貴も驚いてドアのほうへと振り向くと、そこには雅弘が立っていた。

「に、義兄さんっ！」

「悪いな、瑞貴。せっかく俺のことを庇《かば》ってくれたみたいだが、お前の義兄は、お前が思っているより、相当莫迦なようだぞ」

外にまで瑞貴の声が聞こえていたようだ。雅弘がそんなことを言って、ゆっくりと部屋へと入ってきた。

「うっ……」

男の呻《うめ》き声が瑞貴の耳に届く。雅弘の左手には、ぼこぼこに殴られた男がぶら下がっていた。

「義兄さん……」

　瑞貴の声に、雅弘の眉間に皺が寄ったかと思うと、まるで汚いゴミでも捨てるかのように、雅弘は男を乱暴に床に投げ捨てた。だが視線は瑞貴を通り越し、瑞貴と佐橋を脅していた男に向けられていた。

　そうやってしばらく鋭い双眸《そうぼう》を向けていたかと思うと、ふと紳士的な笑みを口許《くちもと》に携え、話し始めた。

「これはこれは増村《ますむら》組の篠崎《しのざき》さん。こんなところで会うとは、奇遇ですね。うちの義弟はシロウトなんですよ。ヤクザの流儀だのなんだのと勝手に義弟にいちゃもんつけられても困りますね」

　雅弘の口調が丁寧なものに変わる。だがそれがかえって恐ろしさを滲ませている。

「簗木組の若頭がわざわざお越しくださったとは、恐れ入りますな」

　先ほどから瑞貴に話しかけていた男は、篠崎というようだ。雅弘に声をかけられ笑みを唇に浮かべた。

「しかしそちらも私の大事な舎弟に手を出してもらっちゃ、困りますな」

「おやおや、勘違いしてもらったら困りますね。この男は自分で勝手に階段から落ちていったんですよ。それをわざわざ拾ってきたのに、あらぬ疑いをかけられるとは、思ってもいませんでしたね」

雅弘は笑顔で話しているが、目はまったく笑ってはいなかった。こんな義兄の顔を瑞貴は今まで見たこともなかった。

「築木の若頭が言っていることは本当ですよ、篠崎さん」

すると雅弘の後ろから松田組の若頭、藤堂が現れた。これには篠崎も少し驚いたようで、躰がわずかにぴくりと反応するのが瑞貴にはわかった。まさか築木以外の組の者が来るとは思ってもいなかったのだろう。少し焦りさえ見える。

「藤堂さん……どうして、ここに」

「篠崎さん、その男、うちの組のもんと因縁がありましてね、こっちに返していただけませんかね」

藤堂が丁寧に告げるが、その瞳は鋭く、不気味な光を宿していた。

「いや、こいつには我々も金を貸してるんでね。いくら藤堂さんの頼みでも、ただでは返せないですな」

その言葉に雅弘が後ろを振り返り、舎弟の一人に鞄を持ってこさせた。

「ここに一千万入ってます。こいつを捕まえてくれた謝礼ってことで、これでチャラになりませんかね」

そう言って、鞄を開けると一万円の札束がいくつも入っているのが見えた。

い……一千万。

当たり前だが、瑞貴がよく使う千円札が一万枚ないと一千万円にはならない。一万枚……数え切れないこと、間違いない。

八千万円、ポケットマネー説から、瑞貴にはそれこそ縁も円もない世界だ。

だが篠崎はそんな大金にもかかわらず、断ってきた。

「簗木さん、そんな半端な金、どうしろって言うんですかい。そんな金より、我々のシマとの境界線をきちんとしてくれませんかね。このビルを含め、金森第二、第四ビルは、うちがみかじめ料を貰《もら》うべき物件だ」

みかじめ料、そこのシマを統括する暴力団に支払う挨拶《あいさつ》料みたいなものだ。

「篠崎さん、何を寝惚《ねぼ》けたことを言ってるんですか？　我々の間に揉めている境界線などないですよ。みかじめ料は間違いなく正しい場所へ収められています」

「おいおい、勝手にそっちが決めた境界線、どうしてうちが守らなきゃあかんのかね」

少しばかり怒気を孕《はら》んだ声が部屋に響く。それを雅弘は飄々《ひょうひょう》とした表情で受け止め、答えた。

「お宅の先代の組長とうちの先代が決めたことなんだ。俺たちが口出しすることじゃないんじゃないんですかね？」

「悪いがうちはボランティアじゃないんですよ。佐橋とその女房にかけられた迷惑料として、相応の誠意を見せてほしいですな」

「篠崎さん、物騒な話はお互い身のためになりませんよ」

「それは簗木さん、あんた次第じゃないんですかい」

緊迫した空気が流れる。瑞貴はどうしていいかわからず、その場にしゃがみこんでいるしかなかった。

俺のせいで簗木組のシマが盗られるようなことがあったら、どうすれば……。

心臓が緊張で大きく鼓動し、瑞貴の鼓膜まで震わせている。どうにもできない自分を歯がゆく思うしかない。

ぎゅっと両手を握りしめ、やりとりの行方を見つめていると、いきなり第三者の声が割り入ってきた。松田組の藤堂だ。

「篠崎さん、あそこのシマは簗木さんのシマであることに間違いないですよ。うちから見ても、あんたのところが無茶言っているのがよくわかる。いい加減に引き下がったらどうですか？　同じ真正会の傘下で、小さなことでいつまでもウダウダと言っているのは、狭量だと思われますよ」

「なんだと」

「それとも、うちと簗木組を敵に回してでも、お宅の主張を通されると言うのなら、話は別ですけどね」

藤堂は、その端麗な口許に、意味ありげな笑みを浮かべた。途端に、それまで穏やかでしかなかった藤堂の顔にヤクザの顔が垣間見《かいまみ》えた。

「っ……」

さすがに今度は篠崎も黙ってしまった。たぶん最初から松田組の人間も一緒に来るとは想定外だったのもあり、藤堂の言葉が相当効いたようだ。

簗木組だけならまだしも、松田組も敵に回すようなことをするのは賢明ではない。たぶん篠崎の組の勝算もかなり低くなるはずだ。

するとそこにすかさず雅弘が優しい声色で篠崎に話しかけた。

「うちが探していた佐橋を、お宅が捕まえてくれたことは確かだ。謝礼という意味で、この一千万円。黙って受け取っておいたほうが、賢いってもんじゃあないんですか？」

「くっ……」

篠崎が忌々しそうに息を飲む。途端、雅弘の眼光が鋭くなり、丁寧な口調が荒いものへと変わった。

「それとも、まさかぁ、ここで松田組と簗木組を一緒に敵に回すって莫迦な真似《まね》はしねぇよなぁ。あんたの独断で、増村のおやっさん、腹括《くく》らねぇとならなくなんからなぁ」

雅弘はゆっくりと篠崎に近づくと、軽く彼の肩を叩いた。

「俺からもあんたのおやっさんに礼、言っとくわ。ありがとよ」

篠崎の表情が大きく歪む。瑞貴のところまで彼の歯軋りが聞こえてきそうだった。

「てめぇ、篠崎さんに気安く触るんじゃねぇ！」

篠崎の配下らしき男の一人が声を荒らげた。

「静かにしねぇかっ！」

だがすぐに篠崎は大声を上げて制し、松田組の藤堂に視線を移した。

「なるほど……松田組さんが簗木組さんと手を組まれるわけですな。真正会で大きな勢力を持つあんたんところが、簗木組さんに加担するとなれば、いろいろ事情は変わってくる。しかし、お宅たちは犬猿の仲じゃあなかったんかね？」

犬猿の仲――。

瑞貴はその言葉で、以前佐橋が言っていた言葉を思い出した。

『――たぶんお前んところと勢力争いしてるんじゃないかな』

そういえば、佐橋も簗木組と松田組はあまり仲がよくないことを口にしていた。それに前に松田組とは友好的ではなく、お互いに目の上のたんこぶ的な存在だとも聞いている。

それなのに、なぜ、この二人は……。

瑞貴は改めて雅弘と藤堂を見上げた。

本当に手を組んでいるのなら、雅弘の側近とも言うべき男、加藤が料亭へ行った夜、あんな説明を瑞貴にするはずがない。ということは、彼も知らない関係が雅弘と藤堂の間に築かれているということになる。

何か裏があるのかもしれない……。

瑞貴は黙ってこの状況を見守り続けるしかなかった。

「詳しくは企業秘密ですが、松田組といろいろありましてね。お互いの利害の一致で、手を結んだんですよ。わざわざ心配してくださってありがとうございます。昔のようにいがみ合ってはいませんから、お気遣い不要ですよ」

雅弘が最初の頃の口調に戻し、丁寧に篠崎に答えた。その答えに篠崎が鼻でフンと返す。

「どこまで本当か、わかった話じゃないですが、今回は藤堂さんの顔を立てて、引き下がりましょう。では、遠慮なくこれは迷惑料として貰っておきましょう」

「ありがとうございます」

雅弘は篠崎に慇懃無礼《いんぎんぶれい》なほど深く頭を下げた。

「だが、シマの件は、こっちは了承していないですからな。それだけは頭に入れておいてくださいよ」

「その話は、俺にはわかりかねますので、組長に話をしてください」

のらりくらりとそう答える雅弘を、篠崎はきつく睨み返すと、舎弟を引き連れて早々に帰っていった。残されたのは雅弘、藤堂、瑞貴、そして佐橋だ。

瑞貴は篠崎たちが部屋から出ていくのを見届けると、床に這《は》い蹲《つくば》っていた佐橋の肩に手を伸ばした。

「先輩、大丈夫ですか？」

頬に殴られた跡らしき青あざが、しっかりと浮き上がっている。

「瑞貴……悪い。俺はお前に合わせる顔がない、俺は……俺は……」

「先輩、そのことはいいです。それよりも奥さん、大丈夫ですか？　入院とか、手術とか」

瑞貴が声をかけると、佐橋は安心したのか、どっと泣き出してしまった。彼もまたギリギリのところで戦っていたに違いない。

一般人がヤクザと渡り合うことなど、できはしない。あの風貌《ふうぼう》でまず萎縮《いしゅく》し、そして脅し文句に神経がまいってしまうのが普通だ。

「大丈夫です、先輩。これからは赤ちゃんが無事に育ってくれるのを願うだけです。もうヤクザに追われたりする生活から抜け出せます」

瑞貴は肩を震わせて泣く佐橋の背中をそっとさすってやった。すると雅弘の声が響いた。

「……と瑞貴は言っているが、佐橋、もう少しお前には用事があるんだがな」

せっかく瑞貴が佐橋の心を落ち着かせようとしているのに、デリカシーのない言葉が横入りしてくる。

「……義兄さん」

瑞貴は横に立つ義兄、雅弘の顔を恨めしく見上げた。

「佐橋、藤堂と一緒に松田組に行け」

「義兄さん！」

佐橋は複数の借金取りと松田組の組員である妻の元恋人に追われていた。松田組に行くということは、この元恋人に会わせるということであろう。暴行を受ける可能性がある。

「義兄さん、佐橋先輩は連れていかせません！　奥さんの元恋人だったヤクザの人がどれだけ先輩に嫌がらせをしたのか、わかってるんですか！　ヤクザのやり方を一般人である先輩に押しつけないでください！」

佐橋から以前、相談に乗ったときに聞かせられた嫌がらせは相当なものだった。佐橋が高校卒業以来勤めていた飲食店を辞めなければならないほどのものだったのだ。

瑞貴は座ったまま、佐橋を背中で庇う形で両手を広げ、雅弘と睨み合った。ずっと睨んでいると、雅弘に呆れたとも言いたげな表情が浮かんだ。

「お前な、ヤクザも糞《くそ》もないだろう。他人のもの盗ったなら、どこの世界でもケジメをつけるのが普通だろうが。この男は、他人の恋人を奪ったんだぞ。それなら相応の覚悟が必要だろうが。お前だって自分の恋人を他人に盗られてみろ。理由が聞きたいとか思わないのか？　あ？」

「っ……」

雅弘の言い分は確かだ。先輩は嫌がらせを受けたために、逃げる一方でたぶん向こうの男とまともに話をしてはいないだろう。あちらも話を聞くタイプではないのもあるかもしれないが、子供ができて夫婦になるのであれば、いつかはきちんと話をしないといけないだろう。

　瑞貴が雅弘の意見に怯んでいると、急に背中を叩かれた。佐橋だ。

「悪い、瑞貴。その人が言う通りだ。俺は逃げてばかりで、相手の男性に何も報告してないんだ。もし俺が逆の立場だったら、相手の男の態度にやっぱり怒るだろう。俺、行くわ。それで相手の気が済むまで殴られてくる」

「せ、先輩」

「こちらから改めてお願いします。美和子の前の彼氏に会わせてください。話をきちんと俺からします」

　佐橋は雅弘と藤堂に向かって座ったまま頭を下げた。すると先ほどから雅弘の後ろで、黙って状況を見ていた藤堂が口を開いた。

「殺さないようには俺からも口添えしておこう。まあ、これくらいで人殺しをされたら、組としても使い道のない人間として破門だけどな」

「人殺しって……」

　物騒な言葉が出てきて、瑞貴はどぎまぎする。だが佐橋はそんな単語にも慌てずに、藤堂に言葉を返した。

「しっかり殴られてきます。美和子を奪った代償なら、仕方ありません」

「男前だな、佐橋」

藤堂はそう佐橋に告げると、部屋の外にいた組員に声をかけ、佐橋の手首と両足を縛っていた縄をナイフで切らせた。そのまま佐橋を連行する形で、外へと出ていく。

「じゃあ、簗木、俺は先に行くからな。お前もほどほどにしとけよ」

「ああ、世話をかけたな」

雅弘は藤堂に片手を上げると、見送りもそこそこに、すぐに瑞貴に視線を向けてきた。

瞬間、瑞貴の背中に冷たい汗が流れ落ちた。そうなのだ。佐橋のこともあったが、何よりも問題なのは、散々注意されていたにもかかわらず、瑞貴がこの件に関して首を突っ込んだことだ。結果、たぶん雅弘や藤堂に多大な迷惑をかけたに違いない。

「瑞貴」

「はい……」

自然と返事も小さくなってしまう。雅弘の表情も硬いままだ。

「あの……義兄さん……」

呼びかけた途端、雅弘は人の悪い笑みを浮かべた。

「フッ……ご苦労だったな。お前のお陰で佐橋を捕まえることができたし、煩《うるさ》い篠崎を追っ払うことができた」

「へ？」

意味がわからない。

「ど、どういうことですか？　義兄さん」

「いや、お前のスマホに、佐橋から電話がかかってくるのを待ってたんだ。あいつなら絶対お前にコンタクトを取ると思っていたからな」

「ええ？　な、何？　どういうことですか？」

益々意味がわからなくなる。

「お前のスマホにはＧＰＳ機能がついてるし……」

それは知っている。もしものことがあるといけないからと、義父から持たされたのだ。

「……ついでに盗聴器も仕掛けてあるってことだ。それで俺たちは佐橋のいる場所を突き止め、タイミングよくお前を助け出すこともできたのさ」

……。

な……。

なんだってっ！

あまりにも予想外の種明かしに、怒りが込み上げてくるまで時間がかかった。

「な……何、盗聴器って！　義兄さん、俺を囮《おとり》に使ってたんですかっ！」

「囮とは人聞きが悪いな。万が一を考えて、だ。それに可愛いウサギは誰もが食いたくなるだろう？　それと一緒だ。可愛い餌《えさ》には、いろいろ引っかかってくる。あの篠崎っていう男もそうだ。俺たち簗木兄弟には連絡を取らないくせに、シロウトの義弟、お前にコンタクトを取った。奴としては簡単に組み伏せられると考えてのことだろう。お前をどうにかすれば、簗木組の弱みを握れるとでも思ったんだろうな。父も含め俺たちみんな新しい家族には弱いからな」

「なななな……」

「まあ、お前のお陰で佐橋は捕まえたし、篠崎がこれをダシに脅そうとしていたことも、うやむやにできた。めでたし、めでたし、だ」

「どこが、めでたし、めでたしですか！」

今の説明の、どこにどう突っ込むべきか、あまりにも多すぎて悩むほどだ。

「そうだな、めでたし、めでたしで片づかないところもあるな」

雅弘の声に瑞貴は大きく首を縦に振った。この男も反省すればいい。

「お前、あれだけ注意したのに、首を突っ込んで、自分から乗り込んだよな。向こう見ずにもほどがあるぞ」

そっちかっ。

義兄が反省するのかと思いきや、瑞貴に火の粉が降りかかり、慌てて反論した。

「……結局は義兄さんの思惑通りに動かされたんですから、もうそのことはいいじゃないですか」

「それとこれとは別だ。お前は危機感ゼロで、自分からさっさと佐橋に会いに行くだけじゃなく、相手がヤクザなのに、怖さ知らずでタイマン張りやがるし……」

「タイマンなんて張ってません！」

大きく否定しても、目の前で呆れたように溜息をつかれる。こっちこそ溜息がつきたい気分なのに、だ。

「ま、軽くお仕置きしておくか？」

「なんで俺がお仕置きされなくちゃいけないんですか」

「一千万円使っちまったことは確かだし」

「義兄さんが、勝手に払ったんじゃないですか」

「そういうこと言うのか。お前の大事な佐橋先輩ってやつを助けてやったのに？」

「う……」

思わず言葉を失う。不覚だ。

「しかも、電話、なんだ、あの石川《いしかわ》って女は。お前のスマホに何度も電話してきやがって」

え……。

聞き捨てならない台詞に瑞貴の耳がピクリと動く。

石川というのは大学時代のゼミで一緒になった女性で、卒論のテーマが同じだったことから、頻繁に連絡を取り合っていた。卒業して就職しても、時々「元気？」くらいの感じで連絡がくる。まったく恋愛感情はない関係だ。雅弘に言われて気づいたが、そういえば先月に数回、電話がかかってきていた。

「に、義兄さん、関係ない会話まで盗聴しないでください！」

「あれは、あの女、お前に絶対粉かけてんな」

「そんな分析いりません」

「お前、全然気づいてなさそうだし、義兄としてはお前の鈍感さが心配だな」

「心配は無用です」

「無用なもんか。ああいう女は早々に退治しておくに越したことがない。いいか、俺のイロになった限りは、浮気は許さないし、女も抱かせない。もちろん男にも抱かせないからな」

「な……なに、言ってるんですか！　あんたはっ」

そんなこと胸張って言われても『はい』などと、とてもではないが頷《うなず》けない。

「ま、この石川って女には、お前が俺の下であんあん言ってる写真でも送って、追っ払っておくか」

「ななな、なんだってっ！」

「はっ、冗談に決まってるだろ。誰が自分のイロの一番色っぽい写真を他人に送るか。お前、冗談も通じないんだな」

瑞貴はただ首を横にブルブル振ることでしか返事ができなかった。どこまで本気かわからなさすぎて怖い。

「ふん、お前みたいなボケは、送り迎えのボディーガードつけてサラリーマンしていればいいんだ」

盗聴から始まり、囮にされ、さらにボケだの鈍感だの言われて、瑞貴もさすがにカチンときた。

「俺のどこがボケで鈍感なんですか！」

「あの女のモーションにも気づかなきゃ、俺が会った時からお前を狙《ねら》ってるっていうのに、それにも気づかず、へらへらと魅力的な尻を見せつけやがって。案の定、あっという間に俺に食われてるのが、ボケで鈍感だって言ってるんだろ？」

食った本人はお前だろ！　と突っ込みたくなる。それをさも瑞貴のせいのように言われるのは心外だ。

「あなたに威張って言われたくないんですが」

「ま、とりあえずは場所変えるか」

「義兄さん、俺の話聞いてるんですか！」

瑞貴の叫びを無視し、雅弘はさっさと踵《きびす》を返すと、舎弟の一人に車を取りに行くように命令をしているようだった。

「義兄さん！」

瑞貴の声は、雅弘にはまったく相手にされず、ただ借り手のいない寂しい空室に響き渡っただけであった。

◆
Ⅴ
◆

いきなり雅弘のマンションに連れてこられたかと思うと、瑞貴は寝室のベッドに乱暴に投げ落とされた。

「いたっ……」

ここまで米俵のように肩に担がれてきたために、逃げるに逃げられなかったのだ。

「義兄さん、何をっ」

慌てて起き上がろうとすると、ぎゅっと雅弘に抱きしめられた。

「義兄さ……」

「お前な、あんなに簡単に罠《わな》に引っかかるな。俺の心臓がどれだけあっても足りないだろうが！　ったく」

「義兄さん……」

雅弘の手がわずかに震えているのを感じる。あの義兄が、だ。それだけ瑞貴のことを心配してくれていたのだと思うと、胸がきゅっと締めつけられた。

「……ごめんなさい」

素直に言葉が唇から零れる。

「今後は気をつけます」

そう続けると、雅弘から長い溜息が吐かれた。安堵の溜息だ。そして一層強くぎゅうっと抱きしめられる。そのままひとしきり抱きしめられると、義兄がなんでもなかったかのように、話をし始めた。

「ああ、そうだ。リビング見たか？　ソファー、新しいのに替えておいたぞ」

「え……」

ソファーというのは、先日、初めて雅弘に抱かれた、あのソファーのことだろう。

「な……」

こんな状況でいくら照れ隠しだとはいえ、口にすべき話題ではないと思う。思わぬ言葉に瑞貴が固まっていると、瑞貴を腕から解放した雅弘は首元のネクタイを緩めながら、ニヤリと笑った。その表情で、わざと瑞貴が恥ずかしがる話題を口にしたことを悟る。

また遊ばれている――！

「義兄さん、わざわざそんなこと言わないでください」

「瑞貴の嫌がる顔が見たいから、言いたくなる」

やっぱり性格の悪い男だった。一瞬でもほだされた自分が嫌になる。

「ほら、また眉間に皺を寄せる。澄ました顔も可愛いが、嫌がる顔、泣いた顔もそそるな」

「……義兄さん、それって人間性に問題があるんじゃないですか？」

「フン、職業病だと思って諦めてくれ」

諦められるかっ！

クワッと牙《きば》を剝《む》けば、雅弘が瑞貴に顔を近づけて、真正面からまじまじと見つめてくる。まるで肉食獣に睨まれたみたいだ。瑞貴は一瞬、小動物の気持ちがわかるような気がした。小さな牙は所詮《しょせん》猛獣には敵《かな》わないのだ。

「お、俺の顔なんていちいち見ないでください」

「なぜだ？　こんなに可愛い顔、見ないでおけるか。大体、お前の顔、俺の好みのど真ん中なんだぞ。見るなというほうが無理だ。大体、最初にお前に会った時、一目惚《ひとめぼ》れしちまったくらいだからな」

え――？

不覚にも胸がドキッとした。ふざけたことしか言わない義兄の言葉の中に、瑞貴が欲しかった言葉が紛れていた。

嘘――。

認めたくない。自分がこんな言葉に嬉しさを覚えるなんて。

……っていうか、俺、この義兄に愛されたいのか——？

思わぬ自分の考えにどきりとさせられる。だがこの動揺を義兄に悟られたくなくて、なるべく不自然にならないように言葉を続けた。

「ひ、一目惚れって……。どうせ義兄さん、俺の顔が気に入っただけじゃないですか」

瑞貴は思わず不機嫌に言い返す。しかしそれはどこか拗《す》ねたように聞こえなくもなかった。自分でもしまったと思っていると、雅弘の口端が意地悪げに持ち上がった。

「なんだ、顔だけじゃ駄目なのか？　躰も気に入ったとか言われたいのか？」

「な……躰って、どういう考え方しているんですか！」

恥ずかしくて、声を上げることで感情を誤魔化していると、雅弘が宝物でも扱うかのように、そっと抱きしめてきた。そんな行為がこの男にできるとは瑞貴も思っておらず、意表を突かれる。

「なっ……」

「わかってるって、お前の全部が気に入っているって、俺に言わせたいんだろう？　素直じゃないんだからなぁ」

そんなことを言われ、瑞貴の頬がボッと火が出る勢いで熱くなる。

「ば……莫迦を言わないでくれませんか！」

心臓が早鐘のごとく鳴り響く。どうしてこんなに自分が動揺してしまうのかわからない。

「瑞貴は恥ずかしがり屋だから、素直にそれが言えないんだよなぁ」

「勘違いも甚だしいですっ」

あまりの的外れな台詞に、思い切り否定するが、気分が落ち着かない。

どちらかといえば鬱陶《うっとう》しいはずの男が、近くにいるだけで、おたおたしてしまう自分の気持ちが理解できない。まるで雅弘の言葉が当たっているのかと疑いたくなるほどだ。

当たっている……のか？

途端、認めたくない感情がぶわっと湧《わ》き起こってくる。信じられないことだが、瑞貴の本能はこの義兄のことが好きだと言っているようだ。なんて趣味が悪いんだ、と自分で自分に失望するが、それでも胸には熱い思いが込み上げてきた。

「ま、勘違いってお前が言い張るなら、それでもいいか。俺は寛大な男だからな」

「どこが寛大なお……っ、あっ」

ベッドに押し倒される。

「お前なぁ……あまり危ないことに首突っ込むなよ」

急に真剣な顔つきで言われ、不本意にも胸がときめく。こんな絶妙な切り替えは卑怯だ。本当に心配してくれているのが伝わってきてしまう。もしかしたら義兄の茶化した言葉は、彼なりの心配の表れなのかもしれないと、気づいてしまう。いつもいい加減で、どうしようもない義兄なら冷たい態度であしらえるのに——。

「裏の世界に関わるようなことを安請け合いするな。お前があの佐橋をあまりに心配するから、今回は俺も一肌脱いだが、次回からは頭っから反対するからな」

「義兄さん……」

元はといえば、確かに瑞貴が雅弘に佐橋のことを頼んだのが始まりだ。他の思惑が絡んできてはしまったが、雅弘にとっては瑞貴のせいでこの一件に巻き込まれたと言っても過言ではない。

「本当にごめんなさい……」

瑞貴の言葉に雅弘の双眸がフッと緩む。愛情がその瞳から溢《あふ》れているようで、見ている瑞貴のほうが恥ずかしくなるほどだった。だが——。

「まあ、俺としても謝ってくれるよりは、ベッドの上でサービスしてもらったほうが嬉しいし？　今夜辺り、瑞貴君が俺のが欲しい、欲しいって悶《もだ》えてくれるのを期待しているんだがな。どうだ？」

「誰がそんなことを言いますか！」

どうしてこの男はこんなに下品なのか。顔がいい分、あまりのギャップに今まで多くの女性の夢を壊してきたに違いない。

「でも前の八千万円と今回の一千万円で、合計九千万円、お前のために使ったしな。瑞貴は俺に感謝してもしきれないほどなんじゃないか？」

「え……？」

今、何かまずい図式が頭に浮かんだ。まるで瑞貴の借金を雅弘が肩代わりしたような言い方が引っかかる。

「義兄さん、確かに俺も義兄さんには感謝していますが、九千万円は佐橋先輩に貸したんですからね」

「ああ、だが、お前の頼みじゃなかったら、どこの馬の骨かわからんような男になんて金は貸さなかったし、最後の一千万円も出す必要がなかった」

「そんなこと言われても……」

なんとなくベッドの上を後ずさりしてしまうのは、目の前の男が何を言おうとしているのか、予測がついてしまうからだろうか。だが、後ずさりする瑞貴を同じ距離だけまた雅弘が詰めてくる。

「お前に金を返せって言わないから安心しろ。躰で奉仕すればいい」

やっぱり！

「義兄さん！」

「他にも金が必要なところがあったら、言ってみろ。すぐに出してやる」

「もしかして……そうやって俺の逃げ道塞ぐつもりですか」

「今頃、気づいたのか。とろいな。当たり前だろ。誰の借金であろうが、お前を俺への恩で雁字搦《がんじがら》めにして、逃げられないようにしてやるつもりに決まっているだろうが」

「卑怯です、義兄さん！」

「卑怯だの、素敵だの、愛しているだの、好きなだけ言っとけ」

「素敵も愛しているも言ってません」

「今から言えばいいだろ？　ん？」

雅弘の手が伸びてきて、瑞貴の顎《あご》をそっと持ち上げる。

「感謝の気持ちを示してみ？」

雅弘の唇がふわりと瑞貴の唇に触れる。この荒々しい男からは予想もつかない優しいキスに、瑞貴の胸がじんわりと痺《しび》れた。

「義兄さん……」

「瑞貴、俺の誠意を裏切るなよ」

裏切る――。

その言葉に、甘く痺れていた瑞貴の心臓が大きく爆《は》ぜる。雅弘と松田組の藤堂との電話での会話を思い出したのだ。義兄が簗木組を裏切って何かしようとしているのではないかという疑惑だ。

今、この状況なら聞けるかもしれない。一体、藤堂と何を企《たくら》んでいるのか。それとも瑞貴の思い過ごしなのか。

　ベッドから見上げる雅弘は、いつもと変わらずどこか不敵だ。その胸の奥で何を考えているのかわからないところがあって、少し怖くもある。

「正直に答えてください。義兄さん、この間、松田組の藤堂さんと電話で話していましたよね」

「この間っていつの話だ？　あいつと電話なら、しょっちゅうしているぞ」

「しょっちゅう？」

　意外な答えに瑞貴は目を見張った。

「なんだ？　電話したら駄目なのか？　おいおい、まさかあいつにまで嫉妬してるのか？　まいったな、俺、お前にそんなに愛されているのか？　照れるじゃないか」

「……莫迦な妄想はやめてください」

　斜め上の方向に勘違いされた。だがこれも本当は話をはぐらかすために勘違いしたように見せかけただけで、故意かもしれない。瑞貴の眉間に皺が寄ってしまう。

「でも松田組と簗木組は犬猿の仲なんじゃないんですか？　俺にもそれくらい耳に入ってきます」

　今度は雅弘が目を瞠《みは》る番だった。瑞貴がそんなことを知っているとは思ってもいなかったようだ。彼が瑞貴のことを相当甘く思っている様子が知れて、それはそれで面白くなかった。だが、今はそんなことを気にしている場合ではない。瑞貴は雅弘の顔から視線を逸《そ》らさず、じっと見つめた。彼の瞳の奥が少し揺らいだような気がする。だがすぐに平然として雅弘は瑞貴の問いに答えてきた。

「あー、そうだな。まあ、そうなんだけど。あいつと俺は昔から知り合いで、飲み仲間なんだ」

「飲み仲間？」

初耳だ。そんな情報は加藤も教えてくれなかった。加藤が知っていても瑞貴には教えてはくれないとも思うが、それにしても思わぬ情報だった。

「基本、藤堂とは、組のことは抜きで付き合ってるしな。まあ、組としてはあまり仲がいいとは言えないが、俺たちの努力で組同士の関係を少しでも良くできたらとは思っている」

本当だろうか——？

確かに瑞貴を助けに来てくれたときの雅弘と藤堂の様子から、気心の知れた仲だというのは瑞貴から見てもわかった。でも本当にそれだけだろうか。

「先日、俺がまだここに寝ているときに、義兄さん、藤堂さんと電話していましたよね」

「そうだったか？」

「義父さんに知られていないから、大丈夫だ、というのはどういう意味ですか？　それに藤堂さんに、松田組を裏切れるのか？　とも聞いていませんでしたか？」

『親父には知られていないから、大丈夫だ。お前のほうこそいいのか？　松田組を裏切れるのか？　ああ、俺は大丈夫だ。覚悟はしているからな』

あの時の言葉がどうしても忘れられないし、引っかかる。

「なんだ？　それは……そんな話してたか？　しかも、お前、寝たふりして、人の会話を盗み聞きしてたのか？」

「盗み聞きって……寝ていたら聞こえてきたんです。それに、なんとなくその内容で起きづらくなったんじゃないですか。寝たふりだなんて言わないでください」

実際は寝たふりをしたのだけど、こちらに非があるような言い方をされ、思わず瑞貴は否定した。寝たふりをしたことを認めれば、弱みを握られるような感じがなんとなくしたのだ。この予感は、かなり雅弘という人間に慣れてきた証拠かもしれない。

「ふ～ん」

雅弘は長い相槌《あいづち》を打つと、何も言わずに瑞貴を見つめてきた。

瑞貴の脳裏で危険信号が点滅する。いくら義兄といえども、踏み込んではいけない領域に瑞貴が入ったとしたら、無事には済まないような気がしてきた。

もし本当に義兄さんが組を裏切るつもりだったら、どうしよう。俺は……母さんや、母さんが愛している義父さんを守るためにも、義兄さんと対立することになる。

なんだかんだ言いながらも、雅弘と上手くやっていけそうな気もしていた。抱かれたりもしたが、実際、いつの間にか彼のことを憎からず思っている。雅弘に感化されてしまったのか、恋愛の意味で好感を持つようになってしまった。

そんな義兄と、もし対立するようなことがあったら――。

「義兄さん……」

感極まって、瑞貴の目頭がジンと熱くなる。ヤクザの世界はまだわからない。だが、愛している義兄と敵対関係になりたくなかった。同じ道を一緒に歩んでいきたい。瑞貴にだって、守りたいものはたくさんあるのだ。その中でいつの間にか、このふてぶてしい義兄、雅弘が大きく存在をアピールしていた。

悔しいけど、認めざるを得ない。

義兄さんが好きだ――。

そう思ったときだった。目の前の雅弘が、普段からはとても想像ができないほど動揺し、あたふたし始める。

「み、瑞貴!?」

「え？」

「瑞貴、どうしたんだ？　なんで泣いているんだ？」

泣いている？

目に指をあてると、指の腹がわずかに濡《ぬ》れているのがわかった。先ほど目頭が熱くなったのを思い出す。どうやらそのまま涙が流れてしまったようだ。

久しぶりに涙を零した自分にも驚いたが、もっと驚いたのは義兄の慌てぶりだ。

「どこか痛いのか？　病院行くか？」

赤ん坊じゃあるまいし、そんなことで泣いたりしないのに、雅弘は瑞貴の背中をさすりながら、顔を覗《のぞ》き込んできた。

今なら義兄に尋ねることができる気がする。

瑞貴は意を決して、先ほどから尋ねたかった言葉を口にした。

「……義兄さん、義父さんや組のみんなを裏切るつもりなんですか？」

泣き顔を見られたくないと思いながらも瑞貴は雅弘の目をしっかりと見つめ問いかけた。

雅弘の表情が曇る。それを見て、瑞貴は彼が組を裏切っていることを確信する。

「裏切り者っ！」

雅弘の胸板を両手で向こうへと押し返す。

「瑞貴！」

瑞貴は雅弘の伸びてくる手を払いのけるが、すぐに捕まえられる。

「せっかく母さんが幸せになれるのに……俺は母さんを守りたいのに……」

「瑞貴、違う。大丈夫だ。なんの話か知らないが、俺は裏切ってなんかいないぞ」

「だけど……電話でっ……」

涙でしゃくりあげて上手く話せない。それでも雅弘には伝わったようで、ぎゅっと腕の中に閉じ込められる。

「まったく、お前ってやつは……。どの電話か知らないが、俺はそんな会話をした覚えはない。覚えがないってことは、俺にとっては大したことのない内容だったんだろう？　裏切るとかどうとか、そんな会話、覚えていないぞ」

「嘘だ、俺はちゃんと聞きました」

いい加減に片づけられたくない。これから先、雅弘を信じていけるかどうかにかかっているのだから。

ただ信じろと言われて、信じていけるほど、瑞貴も強くはない。

瑞貴は雅弘の胸から顔を上げて、じっと彼を見つめた。彼の表情や行動、どんな些細《ささい》なことも見逃すつもりはなかった。

しばらくすると、雅弘が何かを諦めたかのように大きな息を吐いた。そして降参とばかりに両手を肩より上に挙げ、口を開いた。

「わかったよ。まったく、お前は頑固だな。いいか、誰にも言うなよ。実は藤堂が独立しようか悩んでいるんだ。だが、今の組にも義理と恩があるから、簡単にはいかないんだ。

たぶんお前が聞いたっていう電話は、その話をしていたと思うんだが、違うか？」

わからない。

瑞貴は声が出せず、首だけ横に振って応《こた》えた。

それが義父に知られてはまずいことなのか、雅弘が何か覚悟しなくてはならないことなのか、よくわからない。

瑞貴は何度も首を左右に振った。すると頭上から雅弘の笑いを含んだ吐息が落ちてきた。

「簡単に裏切り者とか言うな。ウザイも傷つくが、裏切り者はもっと傷つく」

「……ウザイにこだわりますね」

「それだけ俺を傷つけたんだ。俺の繊細な心を理解しやがれ」

ぐいっと雅弘に引っ張られ、彼の胸に泣き顔を埋める形になる。これ以上みっともない顔を見せたくなかった瑞貴にとっては、助かった。しかし、こんな涙を流すなんて、ここ数年なかったのに、唯一弱みを見せたくない男の前で泣いてしまったのは一生の不覚だ。

「お前が俺のことを裏切り者って言っていいときは、俺が他の人間と浮気をしたときだけだ」

「……じゃあ、いつも言わないといけないじゃないですか」

鼻をすりながら言ってやる。するとふわりと空気が揺れた。雅弘が笑ったようだ。

「信用ないな。お前が傍にいるなら、俺は浮気なんてしない」

くしゃくしゃと頭を撫でられた。父が死んでからこんなふうに頭を撫でてくれた人がいなかったことを思い出し、瑞貴の鼻の奥がまたツンとした。

「藤堂と組んでいたのは、あいつに佐橋と佐橋を追っている組員との間に仲介に入ってもらうためだ」

顔を雅弘の胸に埋めたまま話を聞く。

「……俺はそれこそお前が俺たちを裏切るかと思っていた」

「え？」

さすがにそれには瑞貴も顔を上げた。すると雅弘と視線がばっちりと合い、思わず目を逸らす。ベッドの上で抱き合っていることに、今さらながらに羞恥《しゅうち》した。瑞貴はどぎまぎしながらも言葉を続けた。

「あ、あの、どうして俺が義兄さんたちを裏切らないといけないんですか？」

そういえば、加藤にも言われたことがある。雅弘よりも瑞貴のほうが裏切ると思われている節があった。

「組の奴らも、お前のことを心配してんだよ。あいつらも見て見ぬふりしてるけど、いろいろと考えてるんだ」

「いろいろと？」

またもや視線を雅弘に向けてしまう。何度も視線を逸らしていても気まずい。仕方なく瑞貴はそのまま雅弘の顔を見つめた。

「いきなりヤクザの世界に足を突っ込むことになって、お前が苦労して困惑しているのは組の者、全員が知っている」

「え……」

まさか組の人たちにそんなことを思われているとは考えていなかった。自分の苦悩は自分だけで、誰もわかってくれないと心のどこかで思い込んでいた。

「一部の奴らは、もしかしたら、お前が俺たちを嫌って、敵対する組に情報を流したり、家出したりするんじゃないかって危惧《きぐ》したりもしていた」

「疑われても仕方ないかもしれませんが……。俺、本当に組のことあまり知らないので、敵に流す情報もありませんよ」

「わかっているさ。俺たちもお前やお袋にはできるだけ平和に過ごしてほしいから、組の情報を聞かせないようにしているしな」

いろいろとデリカシーのない雅弘も、そういう気遣いをしてくれていることは、瑞貴も気づいていた。義父やもう一人の義兄も含め、簗木組の人間は、母や瑞貴に相当甘く、大切にされている。

「瑞貴」

甘い声で雅弘に名前を呼ばれ、再度視線を彼に向ける。

「お前たちが情報を持っていなくとも、どこかの莫迦な組が、何かを仕掛けてくるかもしれない。だから、目の届くところにいてくれ」

「義兄さん……」

それは日々、瑞貴の送り迎えをしてくれる加藤からもひしひしと伝わってきていた。確かに自己防衛もできない人間ほど、厄介な者はないだろう。それを毎日守る彼らがどれだけ大変か、改めて感じる。

本当は、会社の前で黒塗りの車で待ち構えられていても、文句を言っている場合じゃないのかもしれない。そう思うと、瑞貴にも反省すべき点がたくさんあった。

瑞貴ができることは、母にも言われたが、彼らにできるだけ負担をかけさせないことなのだろう。今、やっと先日の母の言葉が心の芯《しん》まで届いた。今まで表面通りにしか受け取れなかった自分が情けない。

結局はヤクザの家族としてやっていくには、まだまだ考えが甘いんだろうな……。

瑞貴は小さく息を吐いて、雅弘に顔を向けた。

「……これからは、もっと気をつけるようにします。俺自身、少し考えなしなところがあったような気がしますし」

「まあ……俺は正直言って、お前が佐橋と駆け落ちするんじゃないかって思ってたけどな」

「へ⁉」

耳を疑うようなことを言われ、瑞貴は瞬《まばた》きをした。今まで神妙な面持ちでいたというのに、そんな意味不明なことを言われ、聞き流すことができない。

「どうして俺が佐橋先輩と駆け落ちしないといけないんですか？　大体、先輩には奥さんもいるし、子供も生まれたんですよ」

「恋にトチ狂った男は何をするかわからん。俺はそういう男を何人も見てきた」

雅弘が言うと真実味が増すが、それを瑞貴に当てはめてもらったら困る。

「だけど男同士ですよ！　男同士で駆け落ちって……あ」

「あ？」

雅弘が不審な様子で言葉を止めた瑞貴を見つめてきた。

瑞貴は瑞貴で、自分の言葉を飲み込んだ。こうやってベッドの上で男と抱き合っている自分が言っても、まったく説得力がないことに気づいたからだ。

「……俺は、世間一般で言う多数派で、相手は女性じゃないと駄目だし」

「俺と寝たじゃないか。しかも射精もしたぞ」

「しゃしゃしゃ……」

とてもではないが口にできないことまで指摘される。

「女じゃないと駄目だなんて、今さら嘘をつくな」

義兄の言う通りなので反論できない。代わりに頬がカッと熱くなった。

「だけど俺、男とは義兄さんとだけしか関係を持ったことないし。男がＯＫだなんて思えないから……」

「くっ……」

いきなり目の前の雅弘が腹を押さえて前屈《まえかが》みに倒れた。

「義兄さん！　どうしたんですか？　お腹でも痛いんですか！」

さっき瑞貴を助けに来てくれた際、どこか蹴られたか殴られたかしたのだろうか。そういうのは後で急に酷《ひど》くなって、意識不明になることもあると話に聞いたことがある。

「義兄さん！」

前のめりになる雅弘の肩を触ろうとしたときだった。唸るように雅弘が呟いた。

「くそ……久々にキたぜ。俺のコイツがびんびんに張って痛い」

「は？」

そのまま雅弘が両手で押さえていた箇所に、瑞貴が視線を落とすと、雅弘は腹ではなく股間《こかん》を押さえていた。しかもこともあろうに、ジッパーを下げ、イチモツを取り出そうとしている。

「な……何をしてるんです、義兄さん！」

「お前が、男は義兄さんだけだ、初めてなんだっ、だから捨てないでっ……て訴えるからいけないんだろうが」

　いつそんなことを言っただろうか。確かに男は義兄だけだとは言ったが、完全にニュアンスが違う。瑞貴はあくまでも事実を口にしただけで、雅弘に操を立てているわけではない。しかも捨てないでというのは、完全に雅弘の妄想の域だ。

「義兄さん、何を都合のいいように受け止めているんですか！　そんなもん、さっさと中にしまってください！」

「ああ、お前の中にさっさとしまおう」

　いきなりベッドに押し倒されてしまう。雅弘の大きなアソコが芯を持ってゴリゴリと瑞貴の腰に当たる。ついでに手際よく服も脱がされた。

「なな……そんなものを俺に押しつけないでください！」

「そんなもんなんて言うなよ。これがないと、お前も困るだろう？」

「困りませんっ、まったく困りません！」

「遠慮するな。義兄弟の仲だ」

「余計駄目です！」

　迫ってくる雅弘の顎をぐっと前へと押し返す。

「痛いって、瑞貴」

「痛かったら、離れてください！」

「お前が可愛いことを言うからいけないんだろう？　責任とれ。さっさと俺を好きだと認めろ」

「どれも却下です」

「どの口がそんな可愛くないことを言うんだ」

「なっ……」

猛獣をイメージさせる獰猛《どうもう》な動作で、雅弘は簡単に瑞貴を組み敷いた。だがそんな荒々しい行為をしながらも、雅弘は本当に安堵したような表情で瑞貴に囁いてきた。

「お前が裏切ったりするつもりがなくてよかった……」

そう言ってから包み込むように瑞貴を抱きしめる。瑞貴の今まで取っていた態度が、雅弘や他の家族、そして組の人間にも不安を抱かせていたことがわかる。そして同時に、この男は自分が本当に心配したりするところを人には知られたくないのだろうことが、やっと瑞貴にもわかった。下品な言葉や茶化したりすることで、自分の心を隠すのだ。

駄目だなぁ、俺。もっとしっかりしないと……。

瑞貴は雅弘を納得させるためにも、彼の真正面からはっきりと宣言した。

「俺は母さんを愛している。母さんの幸せを俺が壊すようなことはしないです。俺はどんなことがあっても母と、母を愛してくれる義父を裏切らないし、自分なりに守りたいと思っているんです」

「どんなときでもお前は親父の味方なのか？」

「え？」

なんとなく別のニュアンスを含んでいるような問いかけに、ふと疑問を抱く。だが、すぐに雅弘は行為を再開した。瑞貴の下半身の敏感なところに手を伸ばしてくる。

「俺も、お前のことを俺なりにこれからも守ってやる。誰にも渡したりしない。お前は俺のものだ――」

熱い吐息とともに耳元で囁かれ、瑞貴の下半身に快感の芽が息吹く。

「っ、義兄さん……」

義兄が何を考えているのかわからない。それでも、この手元にある熱を手放したくないという思いだけは確かだ。

「お仕置きと言ったが、お前は初心者だし、できるだけ優しくするから安心しろ」

うなじに雅弘の吐息を感じ、瑞貴の躰のそこかしこに官能の焔《ほのお》が灯《とも》る。

「確か潤滑油がここに……」

と言いつつ、雅弘がベッドの脇に置いてあったナイトテーブルの引き出しへ手を伸ばす。

その用意周到さに、いつもこの部屋に誰かしらを連れ込んでいることが想像でき、瑞貴はつい眉間に皺を寄せた。

義兄に他の人間の影がちらつくたびに、以前もそうだったが、気持ちが不快になる。

認めたくないが、嫉妬という感情が瑞貴の胸に渦巻いてしまう。

なんで俺がこんな男に――――！

無念というか、悔しさで頭がいっぱいだ。自分の趣味の悪さを呪《のろ》いたくなる。

だが、それでもこの男が他の人間を抱く様子を想像すると、胸がギュッと痛み出すのだからどうしようもない。

悔しくて自分の上に乗る男をきつく睨み上げると、欲情した男の瞳に映った自分が見えた。彼の瞳に自分だけが映ることに、嫉妬で揺れていた己の心が和らいでくる。今、この瞬間だけでも、この男が自分のものであることの確証を得たからかもしれない。

駄目だ――もう。自分に言い訳ができない。

「瑞貴、力を抜いてろ」

「っ……」

彼の指がすでに脱げかかっていた瑞貴の衣服を丁寧に脱がし、そして下着の中にするりと滑り込んできた。ひんやりとした彼の指が、瑞貴の熱を伴う下半身へと絡む。

「やっ……」

疼《うず》くような痺れに思わず声を出すと、もう片方の彼の指が、声を探るような仕草で、瑞貴の唇に触れてきた。しばらく指で瑞貴の唇の感触を愉《たの》しみ、そして次には彼の唇がそっと重なってきた。唇でも瑞貴の唇を味わうように甘く嚙《か》んでくる。

それと同時に、雅弘の指が瑞貴の下半身の最も敏感な場所に触れてくる。先端を指の腹で撫でられたかと思うと、意地悪く軽く摘まれた。途端、ズクンとした熱が生まれる。

「あっ……」

「気持ちいいか？」

聞かなくてもわかるだろう質問をされ、瑞貴の頬がカッと熱くなった。すでに瑞貴の下半身は勃《た》ち上がり、快感に震えているのだから、雅弘には充分わかっているはずだ。

「そ……そんなこと聞かないでください」

「聞かないとわからないだろう？　何事もコミュニケーションだ」

そう言いながら、雅弘は素早く自分の衣服を脱いだ。シャツの下から現れた鍛えられたボディは、男の瑞貴でさえも見惚《みと》れるほどのものだ。そして背中にはこちらを睨みつける龍《りゅう》がいた。

思えば、雅弘と肌を重ね合わせたのはこれで三回目だ。彼が今までシャツを一切脱ぐことのなかったのは、この刺青《いれずみ》で瑞貴を怖がらせないためだったのかもしれない。だが瑞貴は初めて見る刺青に恐怖を覚えるのではなく、ただ綺麗だと感じた。

龍が息づく筋肉質な躰が瑞貴を組み敷く。

「だが、コミュニケーションは言葉だけじゃない。口下手な瑞貴には、これからは躰でしっかりコミュニケーションをとらないと駄目だな」

耳朶《じだ》を甘く食《は》むように息を吹き込まれる。

「ああっ……」

瑞貴の下半身がピクピクと痙攣《けいれん》する。まだ何もされていないのに、彼の肌が触れたかと思うだけで、躰中に快感が溢れ、神経がショートしそうだ。

「どうし……って……ああっ……」

雅弘の指が瑞貴の下半身を扱《しご》くたびに、総毛立つような感覚が何度も襲ってきた。

快感を凌《しの》ごうと躰をくねらせれば、熱を炙《あぶ》り出されているような、焦れったい感覚が躰中に広がり、瑞貴を追い詰める。

腹にまでつきそうなくらい反り返った瑞貴のそれは、雅弘の指に弄《もてあそ》ばれ悲鳴を上げ始めていた。

「義兄さんっ！」

声を上げれば、顎を指で摑まれ、そのままキスを仕掛けられる。

するりと瑞貴の口腔《こうこう》に侵入した雅弘の舌先は、器用に瑞貴の歯列を割り、瑞貴の舌に絡まる。舌先を吸われるたびに、下半身からどうしようもない甘く爛《ただ》れた痺れが走った。

こんなに感じることが信じられない。ただ相手が義兄だということだけで、快感も何倍も膨らんで溢れ出した。

この状況に頭では困惑しながらも、躰は正直に快楽を追い求める。巧みなキスは瑞貴の情欲を大きく煽《あお》り、快感の波に沈めてきた。

「あっ……はあっ……あぁ……んっ……」

唇を解放されたと同時に、嬌声《きょうせい》が漏れてしまう。自分のものとは思えない甘ったるい声に、驚いて口を手で塞ぐ。

雅弘はそんな瑞貴の行為を気にすることもなく、そのまま唇を瑞貴の顎へと運び、首筋、そして鎖骨へと移らせた。

なんともいえないゾクリとした感覚に我慢できずに瑞貴が喉《のど》を反らすと、鎖骨の窪《くぼ》みを甘噛みされる。

「っ……」

痛いと思ったのは一瞬で、そこからじわりじわりと快感が広がっていった。

「甘い肌だな」

雅弘の足が瑞貴の腿《もも》を割って入ってくる。

「っ……」

雅弘の膝頭が瑞貴の股間に当たったかと思うと、膝で瑞貴のそこを捏《こ》ねてきた。張り詰めた下半身は、雅弘の淫猥《いんわい》な行為に悲鳴を上げる。

「いや……もう出る……っ」

「まだだ、まだ我慢しろ」

そう告げる彼の口許に薄《う》っすらと笑みが浮かぶのを見てしまった。雅弘にサドっ気があることが窺《うかが》い知れ、瑞貴の心に恐怖が走る。

「やっ！　ああっ……やっ……」

「大丈夫だ……もう少し我慢しろ」

大丈夫と言いながら、雅弘は瑞貴の下半身を意地悪くギュッと握ってきた。瑞貴は痛みで声を上げそうになるのをどうにか止め、浅い呼吸を何度も繰り返す。すると雅弘が緊張する瑞貴の頰にそっと唇を寄せてきた。

「まったく……仕方ない。俺もお前には甘いからな」

きつく握られていた下半身が解放され、代わりに強弱をつけて扱かれる。すぐにグチュグチュと湿った音が聞こえ出した。

「あっ……あっ……」

「気持ちいいか？　こうやってやると、もっと気持ちがいいぞ」

先の割れ目に爪《つめ》を立てられ、思わず声が出た。

「ああっ……」

恐ろしいほどの悦楽に瑞貴自身どうしていいかわからなくなる。抵抗らしい抵抗もできずに、そのまま淫蕩《いんとう》な波に躰を預けてしまう。

「俺を挿《い》れても傷つかないように、潤滑油を使うぞ、いいな」

いいなと言われてもどう答えていいかもわからず、躊躇《ちゅうちょ》していると、雅弘は瑞貴の返事を待たず、腰の下にクッションを入れてきた。臀部が持ち上がる。秘部を雅弘の目の前に晒す格好となり、その醜態に慌てて逃げようと躰を動かした。だが――。

「動くな」

「なっ……」

瑞貴の鼻先を甘い香りが掠《かす》めていく。潤滑油の香料だ。雅弘は瑞貴の臀部に指を這わせると、その潤滑油を双丘の狭間《はざま》に塗り始めた。彼の潤滑油で濡れた指が動き回り、その奇妙な感覚にゾクゾクと鳥肌が立つ。

「あっ、あっ……ああっ……」

止めたくとも嬌声が口から零れ落ちた。

「はうっ……」

雅弘は指だけでなく、瑞貴の下半身に顔を近づけ、指と舌で蕾《つぼみ》を愛撫《あいぶ》し始める。

「や……っ」

そんなところを舐められ、瑞貴は羞恥と快感の両方から苛《さいな》まれた。

「あっ……やぁ……っ」

瑞貴の雄が硬さを増し、急速に熱を帯び出す。張り詰めた欲望は出口を求めて瑞貴の中を荒れ狂った。

「出る……っ……もう、達《い》くっ……ああっ」

「まだ、ほとんど何もしていないのに達くのか？」

瑞貴の下半身に舌を絡ませた雅弘が上目遣いで尋ねてくる。義兄にそんなところを咥えられて悦ぶのは異常だ。だが瑞貴にはその異常ささえ、快感のスパイスになってしまう。

「そん、な……あああっ……」

鈴割を舌でぐりぐりと責められ、湧き起こる壮絶な快感に、瑞貴は意識を失いそうになるのを必死に食い止めた。

「ほら、もっと足を開け。気持ちよくしてやる……さあ」

軽く臀部を叩かれる。瑞貴は快感に負け、求められるまま足を開いた。

両足を限界まで全開し、その秘部を雅弘に晒しながら悶える。

彼を内腿で挟み、下半身を咥えられている自分が、どんなにいやらしい格好をしているのか、想像もしたくない。指を挿入され、感じている自分など認めたくない。だが、下肢に淫《みだ》らな熱が生まれるのは事実だった。

「あぁ……もっと……」

腰を揺らしながら、恐ろしいことを口走ってしまう。もう理性の欠片《かけら》がわずかばかり残っているだけで、躰は快楽を貪欲《どんよく》に貪《むさぼ》り始め、高みへと導かれて吐精したくなった。

「離し、て、出……る、だ、め……っ、はああっ……」

刹那《せつな》、目の前が真っ白になり意識が吸い込まれていく。快楽の熱がうねり、瑞貴の理性を裏切って一気に爆発する。

「あぁぁぁっ……」

雅弘の口腔へ勢いよく欲望を放ってしまう。彼がきつく吸いつき、瑞貴の精を飲み込んでいくのを目の当たりにして、罪悪感が胸に広がった。

「義兄さん……っ、だ、め……っ、ああっ……」

雅弘は瑞貴の制止を無視し、最後の一滴まで搾り出すように、勢いよく瑞貴の下半身を吸った。

「あっ……やっ……また、出る……あああっ……」

再び腹のそこに溜まっていた欲望を雅弘に吐き出してしまう。間をおかずして続けて二度も吐精するなど初めてだ。

息が苦しくて、胸を上下させていると、雅弘が口を手の甲で拭いながら、瑞貴の顔を見つめてきた。

「今度は俺で満足させてやるよ」

「あっ……」

乱暴に引っ張られ、そのまま彼の胸に背中を預けるような形で、彼の膝の上に乗せられる。雅弘の微《かす》かにつけているコロンの香りを近くに感じ、躰の芯が再び甘く震えた。

「感じやすいよな、お前」

うなじに息を吹きかけられるようにして囁かれる。彼の指は次の標的、瑞貴の乳首を弄《いじ》り始めていた。

「んっ……」

またもや射精感が募る。胸を触られただけなのに、この感覚はおかしい。だが、彼の香りに包まれているせいか、快感に過敏になり、下半身に熱が燻《くすぶ》り出した。

「一緒に達くぞ」

「あっ……」

雅弘の手が瑞貴の胸の飾りへと伸びる。

「つっ……」

乳頭を強く捏ねられ痛みを覚えるが、それだけではなかった。

「ああっ……」

胸の飾りを押し潰《つぶ》されると、どうしようもないほど狂おしい快感が瑞貴に生まれてくる。

胸から脇腹そして股間へと徐々に雅弘の指先は動き、やがて瑞貴の背後へと回る。双丘を経て、その狭間に慎《つつ》ましく息づく小さな蕾を再び刺激し始めた。

「あっ……やめっ……」

「大丈夫だ。たっぷりと潤滑油とお前の出したもので濡らしてやる」

雅弘は子供をあやすような口ぶりで告げると、襞《ひだ》を捲り上げるようにして丹念に瑞貴の蕾を愛撫した。

「ああっ……」

瑞貴は雅弘の膝の上から逃げようとして腰を浮かすが、彼のたくましい腕に妨げられ、逃げるに逃げられなかった。

「っ……」

またゆっくりと指が入ってくる。狭い場所を押し広げながら無理やり挿入されたような感覚に、ぞくりと淫らな疼きを覚える。指を挿れられた場所も、じくじくと熱を帯び始めた。

信じられない――。こんな感覚！

未《いま》だに自分が男にこんなことをされて悦ぶ躰であることが信じられない。だが実際に雅弘に愛撫され身悶える自分がいる現実に、瑞貴は大きな衝撃を覚えるしかなかった。

「あああっ……」

瑞貴の下半身がぴくぴく痙攣しながら再び大きく勃ち上がり始める。

「あっ……」

射精を我慢しようと下半身に力を入れると、雅弘の指を咥えているため、それを無意識に締めつけてしまい、震え上がるほどの愉悦が瑞貴を苛む。

「義兄……さ、んっ……やっ……」

雅弘が瑞貴の背筋にそって、唇を這わせてきた。快感が脊柱《せきちゅう》を伝わって瑞貴の脳を蝕《むしば》み、何も考えられなくなる。

ただ鼓膜に響くのは、グチョグチョと自分の後ろを犯す音と雅弘の熱に犯された吐息だけだ。あとは快感に流され、意味がわからなくなる。

「ああっ……」

少しだけ後ろの圧迫感が強くなった。雅弘の指が一本増やされたようだ。

「あ……っ」

「痛くないだろう？　もうお前のここはかなり緩んできているからな」

雅弘がそう囁いて、瑞貴の中に挿れている人差指と中指を開いたり閉じたりして動かしてきた。

「ああっ……」

下半身の中に、自分の意思とは関係なく蠢《うごめ》くものを感じ、狭い筒が収縮する。リアルに雅弘の指を内壁で感じてしまい、射精感が募った。躰が歓喜に震えた。

雅弘は、瑞貴の様子を見ながら、今度は薬指を滑り込ませる。蕾が大きく押し開かれ、内壁をゆっくりと指で擦られた。

「だ……だめっ……ああっ……く……」

どんどんと自分がおかしくなっていくのがわかる。今はもう、先ほどから瑞貴の臀部に当たる雅弘の熱の塊を挿れてほしいとまで願っていた。

そんな……。

「挿れてほしいか？」

タイミングを見計らってか、瑞貴を捕らえる悪魔がそんなことを耳元で囁いてくる。

「義兄さんっ……」

腰が自然と揺れた。雅弘の熱が欲しくて、下半身も濡れそぼつ。それがベッドのシーツへと伝わり大きな染みを作り始めていた。

「瑞貴、答えろ。挿れてほしいか？」

「っ……ああ……」

欲望が大きく膨らみ、本能のまま貪りたくなる。だがそれを素直に口に出す勇気が、あと一歩、瑞貴にはなかった。

「瑞貴」

鋭く名前を呼ばれ、瑞貴はとうとう己の欲望を吐露する。

「挿れて……挿れて、義兄さん」

「挿れてやろう、力を抜け」

耳元で傲慢《ごうまん》に囁かれ、ぞくぞくと鳥肌が立つような感覚に襲われる。刹那、雅弘が瑞貴の腰を摑み、下から一気に貫いてきた。

「はあぁぁぁっ……」

指とは比べものにならないほどの質量に、瑞貴の喉から歓喜の声が漏れる。待ちかねたように襞が淫らに蠢き、飢えたように彼を貪るのがわかった。

「あっ……ん」

瑞貴の眦《まなじり》に愉悦の涙が滲んでくる。

「全部挿《はい》ったぞ」

雅弘がゆっくりと腰を揺らしてきた。接合した部分から、グチョグチョという卑猥《ひわい》な音が漏れる。もう止まらなかった。瑞貴はさらなる刺激を求め、雅弘に合わせて腰を揺り動かした。

「ああ……っ……」

雅弘の膝の上に乗っているため、自分の体重でさらに深い場所へと雅弘の熱を食いしめる。腹の底がじんじんと熱く疼いた。

串刺《くしざ》しにされたような格好から、無理な体勢で雅弘にぐいっと腰を持ち上げられる。その拍子に、彼の肉棒が抜けそうになるのを、瑞貴は下半身に力を入れて必死に食い止めようとした。だが、雅弘のほうが一枚上手で、瑞貴が下半身に力を入れたタイミングを狙って、勢いよく彼の熱く猛々《たけだけ》しい欲望をさらに奥まで突き立ててきた。

「はああっ……んっ……ああっ……」

彼の欲望に比例して、瑞貴の全身が燃えるように熱い。

それでも、もっと奥へ彼を受け入れたくて、瑞貴は懸命に下半身の力を緩めた。雅弘の熱が俄かに昂《たかぶ》り、狭い道を押し広げながら、じわりじわりと侵食してくる。

「あっ……あっ……あああぁっ…」

三度目の射精をしつつ、雅弘をきつく締めつけてしまった。途端、彼の甘い吐息が頭上から漏れ聞こえたかと思うと、躰の最奥に熱い飛沫《ひまつ》を感じる。雅弘も達ったのだ。

「ああ……義兄……さんっ……」

「瑞貴……」

ぎゅっと強く抱きすくめられ、胸が切なく締めつけられた。

もしかしたら、これが愛しているという感情なのかもしれない。

瑞貴は自分の想いに気づかされながらも、男の背中に手を回したのだった。


「なあ……瑞貴」

二人で行為の後もずっと抱き合っていると、雅弘が声をかけてきた。指一本動かすことすら億劫《おっくう》で、瑞貴は雅弘の声に視線だけで応える。

「お前、俺のマンションに引っ越してこいよ。親父たちには独立したいとか言ってさ」

「最初に独立に反対したのは義兄さんですよ。それに今さら義父さんにそんなこと、言えないです」

当初別居する予定だった瑞貴が、同居すると考えを変えたとき、義父も母もとても喜んでくれた。それを今さらまた別居したいなどとは言えない。

「大丈夫だ。あとは俺が上手くフォローしてここに住めるように話をつける」

「自分勝手じゃないですか、それ」

「何を言っているんだ。こういうのは臨機応変っていうんだよ」

思わず目を眇《すが》めてしまう。ものは言い様ってことだ。

「お前が親父たちにカミングアウトするっていうならいいけど、今のままだと俺のマンションに入り浸るってのは、変だろう？」

「……カミングアウトって」

何か嫌な言葉を聞かされ、戦々恐々として雅弘に尋ねた。

「え？　するつもりだったのか？　男前だな。なんだ、男だけど義兄さんのこと愛しているんですって、親父やお袋さんに言うのか？　照れるな、そいつは」

「な……なんでそんなこと言わないといけないんですか！」

驚きで思わず起き上がってしまう。躰を動かすのが億劫ではあったが、そんなことを言っている場合ではなかった。

「え？　俺が言ったほうがいいのか？　じゃあ、適当に言っとくな」

「言わなくていいです！」

思わず雅弘の両肩をガシッと摑んで引き寄せ怒鳴ってしまった。

どうしていきなり愛だのなんだのと家族に言わないとならないのか。自分でもまだ気持ちを自覚したばかりなのに、母や義父にそんなこと言えるわけがない。

じっと雅弘を睨んでいると、瑞貴の困惑をよそに、にっこりと笑ってきた。

「照れなくてもいいぞ」

「照れていません。むしろ迷惑です」

呆《ほう》けたことを言う義兄に、はっきりと言ってやる。

「ま、いいか。瑞貴が素直じゃないのは今に始まったことじゃないし」

「これに関しては、思いっきり素直です」

瑞貴が否定しても、雅弘は聞きもしないで自分勝手に話を続けている。

「だがカミングアウトする予定がないなら、やっぱり別居説だな。お前が親父に言ったら、俺がその後で、心配だから俺のマンションに住まわせるとか言えば、どうにかなるか」

などと、一人で納得している。

「義兄さん、俺の意思はどうなるんですか？」

このまま雅弘の言葉に流されてしまっていいはずがない。

「心配するな。俺がいいようにしてやる。お前は俺に任せておけばいい」

「任せられませんっ！」

そんなもの、まるでジェットコースターに安全ベルトをせずに乗るようなものだ。乗った瞬間、人生まっ逆さまだ。任せられるわけがない。

瑞貴は雅弘に負けまいと、正面から睨み返した。ここで折れたら人生が百八十度変わってしまう。

「お前、カミングアウトと俺との同棲《どうせい》、どっちを選ぶんだ？　カミングアウトが嫌だったら、俺と同棲しかないだろ？」

「同棲なんて単語を使わないでください。それに、どうして選択肢がカミングアウトと同棲しかないんですか！」

「ああ、そうだな。あと、俺といきなり結婚っていうのもありか。アメリカ辺りで結婚式挙げてもいいし」

脱力するしかない。この男の言葉のどこまでが冗談で、そしてどこまでが本気なのか、まったくわからない。いや、わかりたくない。

「とにかくすべて却下です。俺は今まで通り、義父さんのところに住みます」

これ以上、雅弘のペースに巻き込まれては大変だ。瑞貴の心がしっかりしないうちに、雅弘の言葉に騙され、気づいたらとんでもないところまで流されてしまいそうだ。

「うーん……それもちょっと禁忌っぽくっていいな」

またもや変なことを呟く雅弘がいる。その内容が気になり、つい瑞貴の片眉《かたまゆ》がぴくりと動いてしまった。

「親父に聞こえるかどうか、冷や冷やしながら、実家でお前を抱くのもスリルがあって、萌えるかもな、うん、確かに」

猛烈に嫌な予感がしてきた。

「お前に猿轡《さるぐつわ》嚙ませて、声を我慢させて射精させるのも、いいよな」

「よくないです！」

「ふーん、でも瑞貴、あんまり俺につれなくすると、ローター入れっぱなしで、会社に行かせるぞ？」

「ななな……何を考えてるんですかっ！」

瑞貴の質問に、雅弘は何も言わずにニヤリといやらしい笑みを浮かべただけだった。

瑞貴の受難はこれから始まるのかもしれない――。

◆
VI
◆

どれくらい経ったただろうか。

深夜、雅弘は瑞貴が意識を失うようにして眠りについたのを確認すると、彼を起こさないように、そっとベッドから出た。

そのまま隣のリビングルームを通り抜け、バスルームへと向かう。ライトをつけ、そしてまずシャワーのコックを捻《ひね》った。だが雅弘はシャワーを浴びることなく、湯を出したまま、また暗いリビングへと向かい、そしてバルコニーへと出る。バルコニーは暗く、少し陰へと隠れれば、部屋からではよほど目を凝らさなくては見えない。

これで雅弘がシャワーを浴びているように思うはずだ。誰が——瑞貴が、だ。

雅弘はおもむろにタバコを取り出すと火をつけ、煙を燻《くゆ》らせた。街の喧騒《けんそう》は深夜でもやまず、遙《はる》か下の地上からは未だ車のクラクションやらバイクのエンジン音が響いてくる。

そんな音を耳にしながら、雅弘はスマホをポケットから取り出し、どこかへ電話した。

数回コール音が鳴り、すぐに相手が出た。

「ああ、俺だ」

『なんだ、お愉しみの最中じゃなかったのか？』

聞こえてくる声は松田組、藤堂のものだ。

「さっき、とりあえず終わらせた。今は休憩だ」

『お前の相手なんて、義弟君も大変だな』

軽くからかわれる。だが雅弘はそんな彼の冗談に乗ることもなく、さっさと用件を口にした。

「なあ、しばらく親父を裏切る計画を進めるのはやめにするわ」

一瞬、間が空く。だがすぐにやっぱりな、という雰囲気を持ちつつ藤堂の声が受話口から聞こえた。

『なんだ、義弟君に絆《ほだ》されたのか？』

「まあ、それもあるな。俺は優しい男だからな、イロを泣かせることはしたくない」

惚気《のろけ》半分でそう答えてやる。自分たちの会話が瑞貴の耳に入り、勘繰られていることは、あえて告げないでおいた。藤堂だったら、そんなことを言わなくても、雅弘が休止を口にしたことで、何かしら勘づいているはずだ。

雅弘がきちんと理由を言うまで、彼が追及をしてこないのもわかっている。お互いそれだけ信頼し合っており、雅弘が逆の立場でも同じような態度を示すだろう。

それに実際のところ、瑞貴が泣いた姿は、かなりキた。雅弘が計画を変更しようと思わせるくらいの威力があったのも事実だ。

『ふん、惚気られるとは思わなかったな。ま、俺も篠崎に接触したときから、しばらくは動かないほうが得策だとは思っていたところだったがな』

あのとき、篠崎に、はったりをかました。

――お互いの利害の一致で、手を結んだんですよ。

口から出任せだ。だがはったりは後々ばれないように帳尻を合わせて、真実にしておかなければならない。ややこしいことだが、仕方がない。筋を通しておかなければ、もっとややこしいことになるからだ。

そんな現状下では、双方、目立った行動は命取りにもなるし、お互い勘の鋭い部下もいる。篠崎の件で掘った墓穴も、浅いうちに埋めておくのが利口だ。時間がかかった分、舎弟全員、完全に自分の懐に抱え込むようにすればいいと考えれば、大して急ぐこともない。

「……篠崎を沈めてもいいんだがな」

『そんな雑魚《ざこ》に手間をかけるほど暇じゃないだろう？　あれを殺したら、後でごちゃごちゃと面倒なことが芋づる式で出てくるぞ』

「そりゃそうだ」

藤堂の声を聞きながら、バルコニーからリビングを見ていると、瑞貴が起きたようで、雅弘を探しに寝室から出てきたのが目に入った。

すぐにシャワーの音に気づいて安堵したようで、そのまま、また寝室へと戻っていく。

なんだかんだと、つれないことを口にする義弟だが、それが可愛くてたまらない。今もなかなか寝室に戻らない雅弘のことを心配して、そっと見に来てくれたのだろう。

片親でも愛情に包まれて育った瑞貴は、そういうところに情が深い。こんな悪い大人の雅弘のことも真剣に心配をしてくれる。だから雅弘はそこにつけ込むのだ。

「ま、練り直したほうがよさそうだ。悪い、瑞貴が起きた。また後で連絡する。じゃあな」

雅弘は簡単に電話を切ると、そっと窓を開けて部屋に入り、バスルームへと向かった。少しだけシャワーを浴びて瑞貴のいるベッドルームに戻るためだ。

雅弘は軽く体裁程度にシャワーを浴びると、バスタオルを片手に寝室へ戻る。すると、瑞貴がベッドの上で膝を丸めて座っていた。

「どうした？　瑞貴。俺がいなくて寂しかったとか？」

冗談で言ったつもりなのにどうやら図星だったようで、顔を真っ赤にしてデュベの中に隠れてしまった。

「瑞貴」

「そうやっていつも俺を茶化して」

「悪いな。可愛いからつい苛《いじ》めたくなるだけだ」

隣に腰かけ、瑞貴の肩を引き寄せる。緊張しているのか、触れただけで瑞貴の躰がビクンと動くのを感じる。

「もう一回、ヤろうか」

「タバコの匂《にお》いがする……」

ちらりと潤んだ瞳で睨まれる。

「シャワーのついでに一服してきた。タバコは嫌いなのか？」

「健康によくないだろ」

「俺の命の心配までしてくれるのか？」

「命の心配って……ひゃ」

首筋を舌でペロリと舐めてやると、色気のない声が聞こえた。だがそんな声でも瑞貴の声だと思うと、雅弘の下半身は再び力を漲《みなぎ》らせる。

「そうだな、タバコをやめて肺がんのリスクを減らして、お前の腹の上で死ねるように努力するか」

そう言って瑞貴の身を隠すデュベを剝ぎ取り、彼の白い肌に覆い被さった。汚いことなどまったく知らない彼の躰に触っているだけで、雅弘の心が癒《いや》されていく。

「あの……義兄さん、その……佐橋先輩は無事でしょうか」

「上手く藤堂が収めてくれるさ、心配するな」

面倒臭がり屋だった自分が、瑞貴のためなら動こうと思うのが不思議でたまらない。守ってやりたい。瑞貴を守るためならどんな努力も惜しまない自分がいる。

父や兄を出し抜いてやろうと、昔からの悪友、藤堂といろいろ計画を立てていたが、それもしばらく休止だ。

今までは別に父や兄と対立しても構わないと思っていたが、父が再婚し、義母や義弟ができ、状況が変わった。

この可愛い義弟は、もしものときがあったら父や義母につくと、つれないことを言うのだ。同時に、争うことによって義弟を悲しませたくないというのもある。

そうなると雅弘としてもやり方を変えねばならない。

「藤堂にも詫《わ》びを入れとくか……」

「え？」

つい思っていたことを口に出してしまい、瑞貴がきょとんとした顔をして雅弘を見つめてきた。だが、すぐに眉間に皺を寄せ、訝《いぶか》しげなまなざしに変わる。その瞳を見て、雅弘は自分の画策がばれたかと思い、ひやりとした。だが――。

「ま、まさか義兄さん……まさかと思いますが、藤堂さんとも愛人関係とか言うんじゃないでしょうね」

瑞貴があらぬ疑いをし始め、雅弘は内心ほっとする。

「お前なぁ……ったく、それはない。あいつと俺だったら、両方ともタチだ」

「タチ？」

「二人とも男を抱く側だってことだ」

途端、瑞貴がギャッと小さい悲鳴を上げた。まるで猫が尻尾《しっぽ》を踏みつけられたときのような悲鳴だ。あまりにも可愛くて、またついつい苛めてしまう。

「なんだ？　もしかして瑞貴、お前……藤堂とも寝たいのか？」

「どど……どうしてそういうことを言うんですかっ！」

「そうだよな、さっきまで俺のことを欲しい、欲しいって腰をくねらせてねだっていたお前が、よその男に目が行くわけねぇよな」

ボッと音が出るような勢いで瑞貴の顔が真っ赤になる。

「そんなこと言ってません。作り話も大概にしてください」

真っ赤な顔をしていることに気づいてないのか、ツンと澄ましてそんなことを言ってくるのだからたまらない。すぐにも襲いかかりたくなる。もちろん今から襲いかかるのだが。

「作り話かどうか、もう一回ヤればわかるさ」

瑞貴の首筋に顔を埋め、雅弘はそんなことを呟き、ベッドを軋ませたのだった。

大切な人を守れるという幸福に胸を膨らませながら――。

お義兄さんの災難　長男編

「雅弘《まさひろ》、一緒に会場まで行かないか」

簗木《やなぎ》組の新しい組長であり、簗木家長男である敏晴《としはる》が、雅弘の仕事場の一つ、不動産業の会社の事務室に突然顔を出した。

今夜は真正《しんせい》会の二次団体による月一回の会合がある日だった。

「車もあるから、乗っていけ」

こういうときは大概何か話があるときだ。雅弘は素直に兄の言葉に頷《うなず》いた。

兄、敏晴は眼鏡《めがね》の似合うきりりとした容貌《ようぼう》で、弁護士か医者のような理性的な雰囲気を持つ男である。一方、雅弘は、髪をやや明るめに染め、アパレル関係に勤めているように思われる風貌《ふうぼう》をしている。今日も兄はとてもヤクザには見えない様相で、仕立てのいいスーツをきっちりと着こなしていた。ヤクザの集会に顔を出すとかなり浮くタイプだ。もちろん雅弘も人のことは言えない。

二人で車の後部座席に乗り込むと、すぐに車が出発する。しばらく沈黙が続くが、やがて敏晴がおもむろに口を開いた。

「お前、私が香港《ホンコン》に行っている間に、瑞貴《みずき》君に手を出したそうだな。しかも今も関係を続けているとか？」

来たか……。

どのみちいつかは言わなければならないことだ。雅弘は覚悟を決めて兄に報告した。

「手を出したっていうか、一生あいつを守っていくって決めている」

「それは恋愛っていう感情が混じってるのか？」

「ああ、恋愛だ。本気だから他の女とも結婚しない」

「雅弘、お前は……」

敏晴がこれ見よがしに大きな溜息《ためいき》をついた。

「なんだよ、別に俺が結婚しなくてもいいだろう？　組は兄貴が継いでいるわけだし、俺には組を切り盛りする女房はいらないからな」

「お前、お袋さんにはなんと言うつもりだ？　まさか瑞貴君をくださいって真正面から言うつもりじゃないだろうな」

「それも考えているが、瑞貴にあまり負担がかからない方法を模索中。あいつが嫌がることはあまりしたくないからな」

そう言うと、隣に座っている敏晴の躰《からだ》が固まったのがわかった。

「……本気なんだな、お前」

「本気だ。兄貴に言うくらいは本気だってこと」

「はぁ……」

またもや敏晴が大きな溜息をついてきた。

「初めて瑞貴君を紹介されたときから、嫌な予感はしていた。彼、お前の好みそのものの容姿だったし、お前も余裕ぶっていたが、獲物を狩るような目をしていたからな。まったく、義弟《おとうと》に手を出すとは……」

「兄貴、横から入ってくるなよ」

敏晴も実は男女どちらでも構わないバイだ。好みが少しだけ違うのもあって、相手を取り合うことはないが、時々ちょっとした悪戯《いたずら》で、雅弘の邪魔をしてくることがある。兄の弟に対する愛情表現の一つだが、これに慣れるまでかなりの悟りが必要だったのは確かだ。

プルルルル……。

雅弘が敏晴を睨《にら》んでいると、敏晴のスマホが鳴った。敏晴がスーツの内ポケットから取り出し、液晶画面を見つめた途端、珍しく表情を歪《ゆが》めた。

敏晴のすごいところは、どんなに窮地に陥っても表情一つ変えずに淡々としているところでもあるので、こういった表情を見せるのは珍しい。

「どうした、兄貴」

「いや、なんでもない」

そう言って敏晴は電話に出た。

「私だ」

雅弘はさり気なく耳を澄ますが、相手の声が聞こえても、何を言っているかまではわからなかった。ただ男の声だった。

「そんなことで電話してくるな、切るぞ」

あまりの素っ気のなさに、雅弘は電話の相手に思いあたる節があった。

電話を切って、また胸ポケットにしまっている敏晴に尋ねてみる。

「あれか？　兄貴が香港で拾ったって男か？」

「ああ、そうだ。駄犬を拾ってしまって、大変な目に遭っている」

「駄犬？　猫じゃないのか？」

てっきり好みの男でも拾ってきたのかと思った。敏晴は以前から猫科の人間が好みのタイプだったからだ。

「猫のようなしたたかさもない。能天気な駄犬だ。せめて忠犬だったらよかったものを」

こめかみを押さえて表情を曇らせる。本当に手こずっているようだった。それも珍しい。

「逆にそれだけ兄貴を困らせるような駄犬、会ってみたい気がするぜ」

「やめておけ、時間の無駄だ……っな！」

いきなり車が急ブレーキをかけて停《と》まった。すぐに敏晴が運転手に確認する。

「どうした？」

「はい……あの……レオン様が」

「レオンだと？」

敏晴が低く唸《うな》るように口を開き、正面を睨む。車の前には大きなハーレーダビッドソンが停まっており、髪を金色に染めた東洋人の男が笑顔でそのバイクに跨《また》がっていた。

「レオン……」

こいつがレオンか……。

雅弘はハーレーに跨った男をしげしげと見つめた。だがレオンは雅弘に目をくれることもなく、敏晴だけを見つめている。完全に敏晴以外は眼中にないようだ。

「敏晴、ドア開けろよ」

レオンがえらそうに命令してくる。雅弘がちらりと隣に視線を移すと、こめかみを指で押さえ、苛立《いらだ》ちを隠せない様子で敏晴が黙って座っていた。

おもしれぇじゃん。

思わず雅弘は口許《くちもと》をニヤリと歪めた。

「なんで電話してもつれなくするんだよ、敏晴」

「兄貴……もしかしてこれか？」

「ああ、さすがにお前でもわかるか。これが駄犬だ」

敏晴の顔がみるみる疲労の色を見せる。この様子だとかなりやられているようだ。いつも冷静沈着な敏晴のポーカーフェイスをこれほどまでに壊す男に、雅弘も少しばかり興味を持つ。

「車を出せ。レオンなど無視しろ」

「マイハニー、そんな冷たいところも俺好みだけど、もしかしてやっぱり昨夜《ゆうべ》のことを怒っているのか？」

「え？　マ……マイ、ハニィ～？」

雅弘はその言葉に強く反応した。思わず隣に座る敏晴を振り返る。今まで面白いと思っていたことが、一気に困惑へと変わる瞬間だった。この展開は雅弘にとっても非常に困るのだ。さらにバイクに跨った男は、車の窓に縋《すが》るようにして敏晴に訴えかけてきた。

「愛してるってのは本当だ。信じてくれ。決して冗談であんたの尻《しり》を狙《ねら》ったわけじゃない。あんたが欲しいんだ」

あ、愛っ⁉

し、尻っ⁉

ほ、欲しいっ⁉

「あ……兄貴！」

「頭がおかしいんだ。雅弘も本気にするんじゃない」

「したくないぜ、そんなの。頼むぜ、兄貴。俺と瑞貴が幸せになるためにも、兄貴が女と結婚してくれなきゃ、いろいろと大変なんだ。こんな男とどうにかなるなよ」

「なるわけがない。とにかく車を出せ。レオンもこれ以上、私を困らせるなら、本気でマンションから追い出すぞ」

敏晴が窓越しにレオンに怒鳴る。するとレオンが泣きそうな顔をして呟《つぶや》いてきた。

「敏晴……」

大の男が敏晴の言葉一つでシュンとなるのはどうかとも思うが、今はそんなことはどうでもいい。雅弘は瑞貴との明るい未来のために、ぜひとも兄には女性と結婚してもらわねばならぬのだ。

「兄貴、あいつネコなのかタチなのか知らんが……絶対寝るなよ。いいか、頼むぜ、兄貴」

「寝るわけないだろう！」

眼鏡越しに鋭い瞳《ひとみ》を向けられる。だがそれでも雅弘の不安が消え去ることはなかった。

ようやく車が動き出す。敏晴の『追い出す』という言葉が効いたのか、レオンは後を追ってくることはなかった。

しかし、雅弘はこれから先、益々不安要素が増えそうな予感がし、困惑を覚えずにはいられなかった。

瑞貴との幸せな新婚生活は、まだまだ簡単には手に入りそうもない。

お義兄さんの災難から二ヶ月後　長男編

タブレットから視線を外し、敏晴《としはる》は眉間《みけん》を指で押さえた。三十六歳。そろそろ疲れ目がこたえる年頃だ。

雅弘《まさひろ》を見張らせている男から、今夜は瑞貴《みずき》と一緒にマンションへ帰ったという報告を、今読んだところだった。

弟、雅弘は、味方でいるには頼りになる男だが、野心もそれなりにあり、裏で何か動いていることだけは敏晴も勘づいていた。

だが最近、雅弘にも大切なものができ、それを守るために無茶をするのを控えようとしている気がする。

兄としては、あんなふてぶてしい男でも、可愛《かわい》い弟だ。雅弘と対立するようなことはできるだけ避けたいのもあり、彼の変化を歓迎していた。

雅弘の大切なものが、義理とはいえ、弟の瑞貴であることには、少し複雑さが生まれるが、仕方ない。雅弘のためにも応援しようと決めていた。

ヤクザが淘汰《とうた》されていく昨今、どうせ討たれるのなら、弟の手で討たれるのが一番いいとさえ考えている。我ながら弟に甘すぎると思うが、もちろん簡単に討ち取られてやる気もない。

「まあ、親父《おやじ》やお袋さんに、雅弘と瑞貴君のことを、どう報告するかが、今のところ、一番の問題か」

「一番問題なのは、あんたの護衛の手薄さだろう？」

チャッ。

男の声が終わらぬうちに、敏晴はデスクの下に隠しておいた銃で、突然現れた男の眉間を狙《ねら》った。すぐに男が両手を上げて降参を示す。

「相変わらず素早いな、敏晴は。銃を構えるまでコンマ二秒か。さすがは俺のハニーだ」

「……レオン」

のほほんとした様子で、敏晴の部屋に現れたのは、香港マフィア黒蛇会の幹部であり、次期香主候補の一人と言われているレオンだった。

「お前、いつ日本に？」

「銃口を下げてくれよ。せっかくあんたに会いに来たのに」

そう言いながら、敏晴の持つ銃を素手で握り、下げさせた。

「ここを警備していた男たちはどうした？」

「ん？　ああ、あいつらか？　あの弱っちい男たちは倒したさ」

「な……」

敏晴はすぐに部屋の出入り口に目を遣《や》った。そこには本来ボディーガードの男らが立っているはずだったが、誰《だれ》もいない。たぶん廊下で倒れているのだろう。

　この部屋まで来るのに、八人くらいは突破しないとならなかった。しかもそれなりに腕の立つ男たちを配置している。それをこの男は全員倒してきたというのだろうか。

　敏晴は目の前に立つレオンをじろりと睨《にら》みつけた。すると彼の笑みがさらに深くなる。

「心配するな。あんたの舎弟なんだ。殺したりはしないよ。きちんと手加減しておいたから。だが、あんな弱いボディーガードが俺の大切なあんたを守っているなんて、心配だな。俺の配下の者に替えるか」

　そっと敏晴の耳朶《じだ》に唇を寄せ囁《ささや》く男は、敏晴より十歳下ではあるが、次期香主候補の一人と言われているだけあって、放つオーラが違う。なんとも扱いづらい年下の男に、敏晴は整った顔が歪《ゆが》みそうになるのを、どうにかとどめた。

「……私は香港マフィアに守ってもらう義理はないが？」

「俺の将来の伴侶《はんりょ》だ。ボディーガードは多いくらいがいい」

　レオンはそのまま敏晴の背中に手を回し、抱きしめた。

　以前は抵抗して、この男の拘束から逃げていたが、いい加減逃げるのも面倒で、最近はこの男のしたいようにさせていた。それがよくなかったのか、当然のようにベッドの上でも敏晴を抱いてくる。

　一体、十歳も年上の男のどこに欲情するのか甚だ疑問である。この男の容姿やその地位なら女だってわんさか寄ってくるはずだ。

「はぁ……誰が伴侶だ。相変わらず莫迦《ばか》なことを言っているな」

「莫迦なことじゃない。真剣だ。あんたこそ、そろそろ観念しろよ。嫌いな男とベッドを共にするほど酔狂じゃないだろうが」

「お前が香主になったら、私の築木組も相当な利があるからな。計算だ」

「恋人とお金を天秤《てんびん》にかけるのは、感心しないな」

「恋人じゃないだろう」

「尻《しり》の孔を俺に舐《な》められたのに？」

無言でレオンのつま先を踵《かかと》で踏みつける。

「痛っ〜！　手加減しろよ、ハニー」

「私はお前のハニーでも伴侶でもない。それ以上言うと、追い出すぞ」

「じゃあ、言わなければ、追い出されずに、あんたとベッドの上で睦《むつ》み合えるってことだ」

レオンがしなだれかかってくる。

「寝言は寝て言うんだな」

「じゃあ、寝かせてくれ。あんたに包まれたら一発で寝れる」

「何が寝れるだ。お前が寝たためしはないだろう。徹夜で人を襲いやがって」

つい二ヶ月前、雅弘に『寝るわけないだろう！』と断言した自分を思い出した。あの後、すぐにレオンに食われたことは雅弘にはとても言えない事実だ。

「敏晴が魅力的なのが悪い」

じろりと睨むと、レオンの瞳《ひとみ》とかち合う。

「なあ、敏晴、あんたにキスするのに、あとどれだけ時間がかかるんだ？」

そう言いながら、レオンの唇が敏晴のそれに重なった。

「無理してあんたに会いに来たんだ。少しは可愛がってくれよ」

「こういうときだけ年下を武器にするのか？」

「ああ、あんたを堕《お》とすためなら、なんでも武器にするさ」

再び唇を塞《ふさ》がれる。

「あんたの疲れを俺がセックスで癒《いや》してやるよ」

「癒されるか」

悪態をつきながらも、敏晴はレオンの三度目のキスを受け入れたのだった。

あとがき

初めまして、またはこんにちは、ゆりの菜櫻です。

今回は全編改稿の新装版になります。ちょっとキャラ設定も変えました。思いっきり改稿したので、その思いをタイトルにも入れてみました。伝わりましたでしょうか（笑）。

内容は私には珍しくヤクザ物ですが、スリリングなヤクザではなく、アットホームヤクザ。コメディ風味のヤクザとなっております。人も死なない、抗争もありません。『若頭』というタイトルに惑わされて、お間違いになりませんよう何卒よろしくお願いします。

さて、彼らの今後は……と言うと、瑞貴は抜けているようで、意外としっかりしたところもあるので、雅弘を上手に手懐けていくような気がします。将来はしっかり女房になるでしょう。雅弘も口では軽いことを言っておりますが、生涯瑞貴を大切に守ってくれそうです。なので、家族を裏切ることはもうやめるかなと思います。雅弘はコメディだったので、あんな感じのキャラになってしまったのですが、シリアスにすると結構かっこいいキャラになるんじゃないかなと思ったり…です。

あと長男ですが、本編で敏晴が香港に行ったきり帰ってこなかったので（出番がなかったので）、これは帰国した敏晴を書かねば、と使命感に燃えて、ＳＳを書きました。

今回の新装版特別書下ろしも長男、敏晴の話です。レオンが書きたかった（笑）。

イラストを描いてくださったのは、北沢きょう先生です。色っぽい！　先日キャララフをいただいたのですが、雅弘がいい男で、ムフフです。本当にありがとうございます。

そして担当様、今回も修正が多くてすみませんでした。付箋がなくなるほど修正してしまいました（汗）。またご指導ご鞭撻のほどよろしくお願いします。

さらに二〇一一年十一月に『お義兄さんは若頭』を出版していただいたアズ・ノベルズ様、出版に携わってくださった皆様、そしてイラストを描いてくださった小椋ムク先生に改めてお礼申し上げます。ありがとうございました。

最後になりましたが、ここまで読んでくださった皆様、本当にありがとうございました。まだまだ日々精進ですが、少しでも楽しんでいただけたら嬉しいです。

ゆりの菜櫻

＊お義兄さんは若頭・改！：アズ・ノベルズ『お義兄さんは若頭』に加筆修正
＊お義兄さんの災難　長男編：アズ・ノベルズ『お義兄さんは若頭』に加筆修正
＊お義兄さんの災難から二ヶ月後　長男編：書き下ろし

ラルーナ文庫

この本を読んでのご意見・ご感想・ファンレターなどお待ちしております。〒111-0036 東京都台東区松が谷1-4-6-303 株式会社シーラボ「ラルーナ文庫編集部」気付でお送りください。

お義兄《にい》さんは若頭《わかがしら》・改《かい》！

2019年8月7日　第1刷発行

著　　者｜ゆりの 菜櫻《なお》

装丁・DTP｜萩原 七唱

発 行 人｜曺 仁警

発 行 所｜株式会社 シーラボ
〒111-0036　東京都台東区松が谷 1-4-6-303
電話　03-5830-3474／FAX　03-5830-3574
http://lalunabunko.com

発　　売｜株式会社 三交社
〒110-0016　東京都台東区台東 4-20-9　大仙柴田ビル 2 階
電話　03-5826-4424／FAX　03-5826-4425

印刷・製本｜中央精版印刷株式会社

　ISBN978-4-8155-3218-5